LES 7 DE BABYLON

Pour mes amis les profs : Flore, Pascal, Philippe, Rachel, Tristan, Véronique et, surtout, la plus rock'n roll d'entre tous : May-lise.

ISBN : 978-2-37554-093-0
Dépôt légal : septembre 2017
Loi n° 49-956 du 16 juillet 1949 sur les publications destinées à la jeunesse, modifiée par la loi n° 2011-525 du 17 mai 2011

Slalom | un département **place des éditeurs**

place
des
éditeurs

Taï-Marc Le Thanh

Les 7 de Babylone

Slalom

Chapitre 1

Je m'appelle Jasper Meade.
J'ai treize ans.
Et je vais mourir.

Tout du moins, c'est la première pensée qui me vient à l'esprit lorsque ce colosse à la barbe blanche brandit son maillet au-dessus de ma tête, prêt à l'abattre. Et tout, absolument tout autour de moi me laisse présager du pire : les tables renversées, la chaise projetée contre le tableau et à moitié enfoncée dans le mur, les hurlements stridents de mon professeur de physique qui résonnent dans le couloir et surtout, surtout, la malveillance dans le regard de l'homme qui me fait face. J'ai dressé une main devant moi dans un ultime réflexe. Mes doigts me paraissent si fins. Je pourrais presque en rire, si la situation n'était pas aussi dramatique. La barbe du colosse est impressionnante, blanche et... *fleurie*. Un sourire se dessine à travers les boucles, ou plutôt un rictus. Il prend son temps, savoure l'instant, comme s'il s'agissait d'une gourmandise.

Et moi, je tremble de tous mes membres, songeant aux derniers mots que je vais prononcer. Que je vais *devoir* prononcer. J'ai lu dans un livre il y a bien longtemps que c'était un droit accordé aux condamnés. Mes dernières paroles pourraient être « non ! » tout simplement, juste pour signifier à mon agresseur que je ne suis pas du tout d'accord avec ce qu'il s'apprête à faire. Ou « adieu la vie », mais j'ai peur que ça sonne faux. Le temps paraît filer à toute vitesse. Alors que je me résous à opter pour un simple « non ! », le colosse à la barbe fleurie me coupe dans mes pensées. Sa voix est sèche, comme un éboulement de rocailles le long d'une pente pierreuse :

— Il y a quelque chose au fond de toi que je cherche.

— Quoi ?

Ma voix n'est qu'un filet, et là, je n'ai pas eu besoin de réfléchir aux mots que j'allais utiliser. C'est sorti tout seul.

Quelque chose *au fond* de moi ? Je hausse les épaules. Je ne vois pas trop ce qu'il pourrait chercher au fond de moi. Peut-être parle-t-il d'une qualité que je possède et qu'il m'envie ? Cela me rend encore plus perplexe. Je n'ai à mon sens aucune qualité particulière. Des défauts, en revanche, j'en ai en pagaille.

J'hésite à en faire la liste au colosse à la barbe fleurie. Je pourrais lui parler du fait qu'il m'arrive de mentir. Je pourrais lui avouer que je suis toujours en retard. Lui révéler que j'ai souvent la flemme. Et lui confier mon plus grand plaisir : crapahuter sur les toits de Paris à la nuit tombée. Il est probable qu'après de telles confessions, le colosse abaisse son arme et me demande d'un air ahuri :

— Mais comment font tes parents ?

Mais je ne dis rien, et lui se contente de répéter :

— Il y a quelque chose au fond de toi que je cherche.

En y réfléchissant bien, j'ai peut-être un défaut qui pourrait lui plaire : je ne prends jamais rien au sérieux. Certains le considèrent même comme une qualité. Comme une vision du monde et de la vie légère, libérée.

Le colosse à la barbe fleurie pourrait apprécier ce défaut. En commençant par rire de lui-même. Son maillet est d'un autre âge – paléolithique de toute évidence. Ses habits aussi. Il porte une large cape de peaux tannées. Ses bras sont nus et son torse enveloppé dans un veston de cuir noir. À sa taille, une large ceinture ornée d'une lourde boucle représentant une tête de sanglier. Et son pantalon paraît fait d'un tissu si épais qu'il évoque la texture d'un tapis d'Orient.

Il donne l'impression d'appartenir à une *autre époque*.

Si je n'étais pas tétanisé par la terreur, je pourrais très bien le lui faire remarquer. Mais là aussi, le temps risque de me manquer : les doigts de mon bourreau se serrent sur le manche de son arme, et le maillet amorce lentement sa course descendante.

Je ferme les yeux.

Puis je les rouvre finalement. J'ai lu dans un livre – un autre livre – il y a longtemps que seuls les plus courageux osaient faire face à la mort et la fixer sans ciller.

Je ferme les yeux – personne ne m'a demandé d'être courageux.

Je rouvre les yeux – et si j'avais *envie* d'être courageux ?

Le rictus du colosse déforme son visage de façon atroce. Ses pupilles sont dilatées et son front luit de transpiration. Voici donc la dernière vision que j'aurai avant mon trépas.

Mieux vaut finalement fermer les yeux.

Je m'abandonne totalement à mon destin.

Adieu la vie.

Finalement, c'est une bonne phrase de fin.

Même s'il s'agit là du début de mon histoire.

Chapitre 2

Tout a commencé la veille.

Avec un peu de recul, c'est étonnant comme les catastrophes peuvent s'enchaîner sur une période aussi courte. Qui plus est, des catastrophes de cette ampleur.

Je suis, comme à mon habitude à cette heure précise de la soirée, perché sur le faîte d'un toit, les pieds sur le zinc et la tête dans les étoiles – dans le cosmos plus précisément. Il n'y a aucun nuage ce soir, comme si le ciel lui-même avait décidé d'offrir à mes yeux grands ouverts l'étendue de sa beauté. L'air est frais et le vent souffle par petites bourrasques. Vêtu d'un simple t-shirt, je frissonne dans la fraîcheur de la nuit.

Devant moi, la ville se déploie. Ma ville. Paris.

La tour Eiffel se dresse à l'horizon, impériale et élancée. Sur sa gauche, le dôme de l'Assemblée nationale, scintillant d'éclats dorés. Les bâtiments de Jussieu sont plus difficiles à discerner, la bibliothèque François-Mitterrand également. Dans mon dos, le Sacré-Cœur, grosse meringue boursouflée et joufflue, domine le paysage.

L'immeuble sur lequel je me trouve compte sept étages. La vie de ses occupants vibre sous mes pieds. Parfois, un éclat monte jusqu'à mes oreilles, une bribe de conversation ou même une dispute. Un enfant qui pleure ou le son d'une télévision poussé au maximum. Au loin, un musicien qui accorde sa guitare et, comme en écho, un autre effectuant sur un piano des gammes à une vitesse hallucinante. Cette ambiance me comble, et ces notes qui s'élèvent dans l'obscurité me donnent l'impression que ma capitale est un gigantesque orchestre symphonique.

Ce soir, j'en suis le chef d'orchestre.

La tête dans le cosmos.

Ma vie pourrait se résumer à cet instant, avec cette impression de m'épanouir dans la solitude. Sur les toits de Paris, je ne me pose aucune question. Ni sur mes proches, ni sur mes amis, encore moins sur mes journées passées au collège. Une sensation de liberté me submerge, presque au point de me couper le souffle.

Soudain une rumeur trouble le bourdonnement harmonieux de la ville. En contrebas, un son métallique résonne contre les murs d'une ruelle, suivi d'un cri étouffé. En me penchant, j'aperçois une silhouette dans la pénombre. L'homme vient de se relever. Il a dû tomber en heurtant une poubelle. Après un bref coup d'œil en arrière, il reprend sa course. Sa vitesse me semble prodigieuse, même si je peine à le distinguer dans le noir. Des bruits de pas claquent sur le pavé ; il est poursuivi. Je longe le toit, en prenant bien soin de ne pas marcher sur la gouttière. Je remercie le Ciel – ou toute autre puissance – de m'avoir doté de ce don particulier : je ne souffre pas du vertige.

Il faut dire que je pratique l'escalade depuis mon plus jeune âge et si je ne devais retenir qu'une passion dans ma vie, ce serait bien celle-là. J'ai toujours été attiré par les hauteurs – encore et toujours cette sensation de liberté à laquelle j'aspire.

Je progresse sur les toits à toute vitesse. L'espace d'un instant, le fuyard est hors de ma vue. Il est bien trop rapide. J'enjambe un espace entre deux immeubles ; je le vois de nouveau, en train de se hisser sur la façade d'un immeuble. Je me fige de stupeur. Son adresse est phénoménale. Il bondit tel un animal, se suspendant aux rebords des fenêtres, se jouant de la gravité. Au cours de son ascension, ses pieds pendent dans le vide, il ne tient que par une seule main. D'une rapide torsion des hanches, le voilà à l'étage supérieur. Dissimulé dans l'encadrement d'une fenêtre, il tourne la tête vers le bas. Ses poursuivants ont à leur tour entamé leur ascension. Ils sont deux et font preuve d'une agilité semblable à celle de leur proie. Une inquiétude sourde me saisit ; je me dissimule derrière une cheminée en zinc. Mais qui peuvent bien être ces gens ?

Le fuyard parvient à se hisser sur le toit qui me fait face, de l'autre côté de la rue. À peine debout, il s'élance de nouveau. Je me faufile entre les cheminées pour suivre sa progression. Il semble flotter dans les airs. Ses deux poursuivants ont pourtant gagné du terrain. Le martèlement de leurs bottes sur les plaques de zinc résonne dans la nuit. Le halètement de leur respiration monte jusqu'à mes oreilles, ils soufflent comme des bêtes sauvages. Face à une rue barrant sa progression, le fugitif ne marque aucune hésitation, il s'élance sans même ralentir. Sa silhouette se découpe dans le ciel sombre, comme suspendue par un fil invisible, puis il atterrit de l'autre côté en roulant sur lui-même. Au bout de quelques mètres, il change tout à coup de direction. Il se dirige à présent vers moi. Une rue nous sépare et il s'apprête à la franchir d'un bond. Il doit être fou, il y a plus de dix mètres… il n'y arrivera jamais. Mais une fois encore il ne semble marquer aucune hésitation. Sa foulée s'amplifie, il accélère et bondit. Ma respiration se bloque alors qu'il s'élève au-dessus du vide. Ses bras sont tendus vers l'avant et sa bouche est grande ouverte. La lumière des réverbères de la rue en contrebas me révèle enfin son visage. C'est un homme assez vieux, ses cheveux sont blancs et un collier de barbe orne le bas de son visage. Je me redresse, surpris. Comment un homme de cet âge peut-il faire preuve d'une telle agilité ? Le plus étonnant reste le calme olympien que je lis sur son visage, malgré le risque de s'écraser au sol. Il disparaît alors qu'un choc sourd retentit contre la façade de l'immeuble.

Je me précipite.

L'homme a réussi à se suspendre à la gouttière. Instinctivement, je lui tends le bras. L'homme lève les yeux vers moi. Contre toute attente, il me sourit.

— Jouvenceau ? me lance-t-il.

Sa voix coule tel un filet de miel. Il articule chaque syllabe comme si cela provoquait chez lui un plaisir absolu. Il continue de me sourire alors que je tends le bras aussi loin que possible. Mes doigts saisissent la manche de sa chemise. La gouttière grince.

— Jouvenceau, c'est inutile. Il semblerait que mon heure soit venue. Je quitte ce monde sans regret. Bénie soit la puissance qui m'a autorisé un sursis.

— Monsieur... m... monsieur, arrêtez de parler, je vais vous aider.

— Inutile, jouvenceau.

— Mais... mais... je peux vous aider à remonter. Alors arrêtez de parler.

Sa manche craque. Je me penche un peu plus au-dessus du vide. L'homme n'a pas l'air de prêter beaucoup d'attention à ce que je viens de lui dire. De sa main libre, il se met soudain à fouiller dans la poche de son pantalon. Il en sort un objet qu'il me tend.

— Garde-le précieusement, jouvenceau, il en va de l'avenir de l'humanité.

Je fronce les sourcils en saisissant l'objet, une simple fiole de verre. L'homme me lance un dernier sourire avant de lâcher brusquement la gouttière sans me quitter des yeux. Et ses ultimes paroles résonnent dans mon crâne, comme une promesse que j'aurais acceptée malgré moi. Il tombe sans un cri. Mais alors qu'il semble flotter dans les airs, une chose incroyable se produit.

L'atmosphère vibre étrangement. Puis, il y a comme une explosion – étouffée. Et je vois, de mes propres yeux, l'homme disparaître dans un nuage de particules colorées, se dispersant littéralement. Le vent se met à souffler par rafales, les particules s'élèvent et tourbillonnent dans la nuit. J'étouffe un cri, incapable du moindre mouvement. L'homme finit par se dissiper entièrement.

Je réalise que je tiens toujours la fiole dans ma main. Le liquide qu'elle contient semble scintiller dans la pénombre, produisant brièvement sur moi un effet hypnotique. Un bruit sec me tire soudain de ma torpeur. L'un des poursuivants sur le toit en face a fait glisser une tuile. Les deux hommes me fixent sans bouger. Autant filer. Bien que je sois hors d'atteinte, ils n'ont pas l'air de vouloir en rester là. L'un d'entre eux tient d'ailleurs un objet long dans sa main. Lorsqu'il le redresse dans ma direction, je réalise avec horreur qu'il s'agit d'un fusil. Je me jette brusquement sur le côté. Je sais maintenant que ce geste m'a sauvé la vie. Il m'a également plongé dans un monde dont je ne soupçonnais pas l'existence quelques heures auparavant.

L'homme tire.

La déflagration résonne dans l'obscurité. Je perçois distinctement le son sec d'un impact, suivi d'une sensation de fraîcheur étonnante sur mon visage. Je crains l'espace d'un instant qu'il s'agisse de mon propre sang. Ce n'est pas le cas : la balle a pulvérisé la fiole et le liquide s'est répandu sur ma joue en abondance. J'en ai dans la bouche. Pris de panique, je crache et tousse. Trop tard, la sensation de fraîcheur envahit ma gorge. Je titube et manque perdre l'équilibre. De l'autre côté de la rue, un des hommes m'adresse un rapide signe de la main. Je me mets alors à courir comme un dératé. En ne pensant à rien d'autre, hormis le fait que chacun de mes pas m'éloigne du danger. Une lucarne ouverte se découpe devant moi, je m'y faufile. Me voici sur le palier du dernier étage d'un immeuble. Je dévale les escaliers quatre à quatre.

Je sors enfin dans la rue.

Ma respiration est saccadée, impossible de retrouver mon calme. Le quartier est très animé, m'offrant la possibilité de me faufiler entre les passants. Je me retourne pourtant à intervalles réguliers. Aucune trace des deux hommes. Je me fonds dans l'anonymat de la foule et redeviens un adolescent comme les autres.

Avant de regagner ma chambre, je songe au geste que m'a adressé l'homme. Mon sang se glace lorsque je finis par en saisir la signification. Sans aucun doute, il cherchait à souligner une évidence. Une évidence terrible. À travers ce simple geste, je devine ses mots : « On se reverra. »

Chapitre 3

En rentrant chez moi, je vide plusieurs grands verres d'eau. La sensation de fraîcheur laissée par le liquide persiste au fond de ma gorge. J'hésite à réveiller mes parents. Mais que leur raconter ? La vérité ? Que j'ai vu un homme se volatiliser sous mes yeux ? Qu'on m'a tiré dessus alors que je me baladais en toute tranquillité sur les toits de Paris ?

Je tourne en rond dans ma chambre.

Et si mes parents appellent la police ? Que vais-je raconter aux agents ? La même chose ? Je m'assois lourdement sur mon lit. Mes mains tremblent. J'ai envie d'être au chaud sous ma couette, loin de toute cette folie. Ne penser à rien et m'endormir en espérant réaliser au réveil que tout cela n'était qu'un mauvais rêve. La sirène d'une voiture de police s'élève dans la rue. Le son finit par s'atténuer jusqu'à se fondre dans la rumeur sourde de la ville. Je me relève pour sortir de ma chambre ; j'ai une idée.

J'emprunte en silence le couloir sur la pointe des pieds, les lattes de bois grincent. Difficile cependant d'être plus discret. La porte de la chambre voisine est entrebâillée. Je m'y glisse comme une ombre furtive. Dans le noir, je distingue le lit, m'en approche à tâtons et secoue avec douceur la forme qui y est allongée.

— Lili ?

Un grognement étouffé monte de l'amas de couvertures. J'insiste un peu. Une voix finit par me répondre :

— Quoi ?

— C'est moi. Jasper...

— C'est le matin ?

Je consulte ma montre.

— Non, c'est la nuit.

— Qu'est-ce qui se passe ? grogne Lili.

Je marque une pause – pas longtemps, j'ai besoin de parler. Après ce qui vient de m'arriver, impossible de faire autrement. À voix basse, je lui raconte tout, les moindres détails de mon aventure. À la fin de mon récit, Lili se redresse sur son lit.

— C'est fini ? me demande-t-elle.

— Qu'est-ce qui est fini ?

— Ton histoire, elle est finie ?

Elle réprime un bâillement, suspendue à ma réponse.

— Oui.

Puis, après quelques secondes de réflexion :

— T'en penses quoi ?

— C'est bien, me dit Lili.

— Quoi, c'est bien ?

— Ton histoire, elle est bien.

Elle repose sa tête sur son oreiller. Je lui passe avec délicatesse une main sur le front. Je dois la laisser dormir. Lili a école demain matin et elle a besoin de se reposer. Lili est ma petite sœur, elle a quatre ans.

En sortant de la chambre, je me sens libéré d'un poids. Même si Lili n'a prêté qu'une attention relative à mon histoire, me confier à quelqu'un m'a soulagé.

Difficile de tenir debout, je suis épuisé. Je regagne ma chambre en vitesse et, sans même me déshabiller, me glisse sous la couette. Les rideaux ne sont pas tirés. La lune est presque pleine, comme un œil énorme me fixant sans ciller. Elle nimbe ma chambre d'une lumière spectrale. La fatigue me fait tourner la tête, je suis pris d'un vertige. Je ferme les yeux. Au bout de quelques secondes à peine, je dors à poings fermés.

Je fais un rêve étrange cette nuit-là.

Difficile de déterminer s'il s'agit d'un cauchemar.

Je me trouvais sur une colline, et devant mes yeux s'étendait un spectacle à couper le souffle. Je ne suis pourtant pas très réceptif à la beauté des paysages. Mais là...

Une cité s'élevait vers le ciel, le sommet des tours se confondait avec les nuages. Une lumière douce enveloppait les façades des bâtiments, révélant une architecture complexe et délicate. J'étais irrésistiblement attiré par les proportions imposantes de ce palais, mais également par les nuances colorées se déployant sur les murs. En descendant le long du flanc de la colline, j'aperçus une porte gigantesque encadrée de statues blanches figées dans des poses majestueuses. Je m'y dirigeai d'un pas alerte. La cité semblait vide, un silence total régnait, mis à part le bruit de mes pas battant le pavé. Entre les murs de l'édifice, le spectacle était encore plus grandiose. La construction était composée d'une multitude de petites cours intérieures, se présentant comme des paliers reposant sur de gigantesques piliers. Une incroyable végétation s'y développait, des fleurs, mais aussi des bosquets et des arbres. Dans l'une de ces cours, une odeur puissante et enivrante flatta mes narines. Une forme se manifesta dans les feuillages, un oiseau. Il me fixa d'abord en silence, avant de pousser un cri. Puis il se mit à pépier. La mélodie qui s'éleva était d'une beauté saisissante. D'autres oiseaux se joignirent à son chant. Je me laissai porter jusqu'au centre de cet incroyable jardin, avec l'impression de flotter. Plus j'avançais et plus le décor prenait vie autour de moi. Une nuée de papillons passa au-dessus de ma tête. Je crus apercevoir une musaraigne filer devant mes pieds. Chaque détail était source d'émerveillement. Sur une place où trônait une fontaine, je m'arrêtai quelques minutes. L'écoulement de l'eau tintait comme un chapelet de perles de cristal glissant sur une plaque de verre.

Je me sentais bien.

Tout à coup, je fus traversé par une certitude.

Je connaissais ce lieu.

Mes pas m'avaient guidé à travers un premier jardin, jusqu'à cette fontaine qui me procurait un bien-être total. Je m'étais assis sur un banc et avais regardé tout autour de moi, m'attendant à tout moment à apercevoir un visage familier à l'une des fenêtres qui surplombaient la place.

J'étais chez moi ici. Tout du moins dans mon rêve.

C'était ma ville.

Ma cité.

Et j'en connaissais parfaitement le nom : Babylone.

Chapitre 4

Le lendemain matin, un mot m'attend sur la table de la cuisine.

Jasper,

Range la cuisine une fois que tu as fini ton petit déjeuner, n'oublie pas d'aller en cours aujourd'hui.

La note d'ironie ne manque pas de me faire sourire. Je ne sèche jamais, pourtant mes parents ont parfaitement conscience que le collège est loin d'être le lieu où je me sens le mieux. Non pas que je sois mauvais élève – je ne suis ni un cancre ni une pointure –, c'est juste que je ne me sens pas très concerné par les cours. « Êtes-vous parmi nous ? » doit être la phrase que j'entends le plus souvent en classe. « Non, je suis là-haut, très haut, là où personne ne peut m'atteindre » serait la réponse la plus appropriée, mais j'avoue ne jamais avoir eu suffisamment de cran pour la formuler.

Mes parents sont déjà partis et ont conduit Lili à l'école. Je chiffonne la note et la jette dans la corbeille. Je manque mon coup et la boule de papier va rouler sous le frigo.

Voilà une journée qui s'annonce bien.

J'ai l'impression que ma tête est prise dans un étau et la sensation étrange du liquide avalé la veille persiste dans ma gorge. Je me sers un verre de lait avant de me poster à la fenêtre. Dans la rue, les passants circulent comme à l'ordinaire. Rien à signaler en direction des toits. Peut-être les deux hommes qui m'ont tiré dessus hier ont-ils perdu ma trace ? Je m'accroche à cette pensée comme à une bouée de sauvetage. Peut-être que la vie va reprendre son cours et que j'évoquerai plus tard cet incident comme l'épisode le plus incroyable de ma vie.

Malgré les pensées qui tourbillonnent dans ma tête, le calme règne dans mon esprit. J'ai tout de même vu un homme tomber dans le vide hier soir. D'après tout ce que j'ai pu lire dans les livres ou voir à la télévision, je devrais être en état de choc, bon sang ! Au contraire, je me sens apaisé, comme si l'expérience d'hier soir m'avait rendu plus fort. Comme si... Une pensée me pétrifie soudain : comme si le produit que j'ai avalé avait fait de moi une personne différente.

J'habite à un quart d'heure à pied de mon collège. Sur le chemin, je me sens comme le maître du monde. Ma dernière réflexion s'est amplifiée au point de devenir une certitude. Ma démarche est celle d'un félin, d'une élasticité et d'une souplesse totales, comme si j'évoluais au ralenti. Un coup de sifflet me tire de ma rêverie. Un agent de la circulation me signale d'un froncement de sourcils que j'ai failli traverser au rouge. Je recule sur le trottoir en prenant une attitude désinvolte, une main dans la poche, un mince sourire aux lèvres. Puis je reprends mon trajet. Les gens semblent s'écarter sur mon passage. En arrivant devant mon collège, je m'attends presque à trouver une foule derrière les lourdes portes, prête à m'applaudir à tout rompre.

Il n'en est rien, bien entendu.

Je gagne ma salle de cours en trottinant, je ne suis pas en retard... pas encore. À peine me suis-je installé que le cours commence : deux heures de français. Ce n'est pas la mer à boire. D'autant que ma professeure possède le talent de me tenir éveillé – au moins pendant la première heure. Elle est plutôt jeune et lorsqu'elle sourit, elle est particulièrement jolie. Sa voix claire s'élève dans la classe, trahissant l'enthousiasme qu'elle ressent à nous présenter le prochain ouvrage au programme :

— C'est une référence en matière de poésie et certains considèrent qu'il est à l'origine du courant romanesque.

Elle brandit le livre devant nos yeux. Je ne distingue pas la couverture, probablement une illustration vieillotte. Je soupire intérieurement alors que notre professeure poursuit :

— Ce livre s'appelle *Le Chevalier de la charrette*, et son auteur se nomme Chrétien de Troyes. Ouvrez votre manuel à la page 65, nous allons en étudier un passage.

Alors que les élèves s'exécutent dans un mouvement général de nonchalance non feinte, elle continue :

— Chrétien de Troyes est né en 1130 et mort en 1190. C'est un des premiers auteurs de romans de chevalerie...

Je feuillette les pages de mon manuel avec un temps de retard sur les autres. Et lorsque j'atteins la page 65, je sens un nœud se former au creux de mon ventre. En regard du texte se trouve un portrait : celui de Chrétien de Troyes. Quelque chose d'incroyable se produit alors, quelque chose qui ne m'est même jamais arrivé depuis la rentrée : je lève le doigt pour poser une question.

— Oui, Jasper, lance la professeure de français, elle-même un peu surprise par mon initiative.

— Heu... madame...

Déjà plusieurs élèves se sont tournés vers moi. Je déglutis.

— Madame... Vous êtes sûre que Chrétien de Troyes est mort en 1190 ?

Car, aussi incroyable que cela puisse paraître, le portrait de la page 65 ressemble trait pour trait et de manière absolument confondante à l'homme que j'ai vu mourir hier soir.

Chapitre 5

C'est dans un état d'hébétude totale que je me dirige vers la salle du cours suivant, celui de physique. J'ai déjà essuyé bon nombre de moqueries suite à mon intervention en français. Et j'ai même cru voir une lueur d'inquiétude dans les yeux de la prof. Je n'ai à présent qu'une seule envie : rentrer chez moi pour échapper à toute cette confusion. Même mon copain Pierre – mon meilleur copain – m'a évité en quittant la classe. Je m'affale sur ma chaise dans la salle de physique avec comme seule certitude celle de devenir complètement fou.

Lorsque le prof fait irruption dans la salle, je lève à peine les yeux sur lui. Les autres élèves s'installent bruyamment, ignorant la présence de l'enseignant. Ce dernier est d'une humeur exécrable. Habituellement, il peine à imposer son autorité. Ce n'est pas vraiment de sa faute, il se trouve qu'il n'est pas grand. Pour parler en toute franchise, il est même petit. Et pour être tout à fait honnête, il ressemble à un nain, ceux que l'on croise dans les romans de fantasy. Difficile de le prendre au sérieux. Pourtant ce matin, il paraît vouloir frapper un grand coup. Ses pommettes sont rougies par la colère et ses yeux plissés forment deux petites fentes noires et menaçantes. Il semble sur le point d'exploser. Ses deux poings s'abattent avec violence sur son bureau. Ça y est, il explose :

— J'espère que ce cours se déroulera dans le calme pour une fois !

Mais au moment même où il prononce ces mots, un fracas épouvantable retentit en faisant trembler le sol. Sous le choc, je dégringole de ma chaise. Un nuage de poussière blanche envahit la salle. Je tousse, mes yeux me piquent. Impossible de discerner quoi que ce soit. J'écarte la fumée devant moi d'un geste de la main et découvre enfin la scène. Un pan entier de mur vient de s'écrouler. La majorité des élèves se sont jetés au sol, couchés par le souffle de la déflagration. Personne n'a l'air blessé. Une forme émerge alors du pan de mur écroulé, une silhouette massive. Et si notre professeur de physique ressemble à un nain, l'homme qui vient de pénétrer dans la salle d'une façon plutôt spectaculaire ressemble à un géant. Un colosse, pour être plus précis.

Lorsqu'il s'avance vers moi d'un pas décidé et lève son maillet en pierre au-dessus de ma tête, je me dis que cette journée risque vraiment d'être compliquée.

Chapitre 6

Le maillet amorce sa trajectoire descendante.

Adieu la vie.

C'est pourtant loin d'être fini. Un courant d'air frais m'arrache un frisson. Suivi d'un déplacement sur ma droite. La salle est pourtant vide, tous mes camarades ont déguerpi ainsi que le prof de physique. On ne peut vraiment compter sur personne, même les adultes vous font défaut en cas de problème.

Le mouvement se précise – vif. Le colosse interrompt son geste et redresse la tête en poussant un grognement guttural. Ses épaules s'affaissent d'un coup alors qu'une lueur électrique traverse son regard. Tout à coup, il fait un bond sur le côté, son maillet tendu devant lui. Un sifflement strident déchire les airs, immédiatement suivi par le son mat d'un impact.

— Wolf, murmure le colosse.

— Charlie, fait une voix émergeant du nuage de poussière.

Les deux hommes se font face. Le dénommé Wolf tient une canne métallique dans ses mains. Il vient de porter un coup, contré par le manche du maillet. La poussière se dissipe, révélant peu à peu les traits de Wolf. Il a l'air très jeune et ses yeux pétillent d'une malice jubilatoire.

— Tire-toi, Wolf, grogne Charlie, le maillet tendu.

— Hors de question, répond l'intéressé.

— ... avant qu'il ne soit trop tard.

— Trop tard pour qui ?

Wolf porte un nouveau coup, latéral. Sa vitesse est prodigieuse. Charlie l'esquive de nouveau. Le métal tinte sur le bois.

— C'est tout ce que tu peux faire ? crache le colosse.

Son rictus démoniaque ne l'a pas quitté. Il crache un jet de salive noirâtre et articule en appuyant chacune des syllabes :

— À moi maintenant.

Comment ai-je fait pour survivre à cette première épreuve ? La chance probablement. Avec du recul, je comprends pourtant qu'à ce moment précis, en ce jour même où mon collège fut détruit dans son intégralité, j'étais déjà sous la protection des Sept de Babylone.

Charlie brandit son maillet au-dessus de sa tête et l'abat de toutes ses forces. Wolf fait un pas de côté et évite le coup avec une souplesse étonnante. Le plancher explose sous l'impact. Les lattes de bois jaillissent dans un fracas épouvantable, les chaises sont brisées comme si elles étaient en paille, les tables sont pliées et les murs tremblent au point que les panneaux qui y sont accrochés s'écrasent au sol en se brisant. Charlie est déjà en train de porter un nouveau coup. Il soulève son maillet d'une seule main et tourne sur lui-même. L'arme siffle au-dessus de moi, couvrant le bruit de l'alarme incendie qui vient de se déclencher. De sa canne, Wolf contre le coup mais l'impact est si violent qu'il est projeté en arrière. Il traverse la cloison dans un nuage de débris. Charlie bondit à travers l'ouverture béante. Le combat est loin d'être terminé.

La sirène d'alarme n'en finit pas de hurler, me déchirant les tympans. Un grand mouvement de panique envahit l'enceinte du collège. L'évacuation est en cours. Je sors dans le couloir, les deux adversaires ont disparu. J'évolue en titubant parmi des pans de mur effondrés. Une pellicule de plâtre couvre mes épaules et mon visage. Soudain, une vibration monte du sol. J'ai à peine le temps de me plaquer sur le côté. Wolf et Charlie jaillissent du plancher dans un fracas de tous les diables, se tenant l'un à l'autre par le bras. Le colosse à la barbe fleurie pousse des hurlements terribles à chaque fois qu'il propulse Wolf contre un mur. Ce dernier donne plutôt l'impression de s'amuser, son sourire espiègle ne l'a pas quitté. Des débris volent en tous sens. Je rampe pour éviter d'être touché.

Brusquement, Wolf parvient à se dégager, et assène à son adversaire un coup de canne sur la cuisse puis sur le flanc. Du pied, il le frappe ensuite en pleine poitrine. Le géant vacille. Ses genoux fléchissent, il va s'écrouler... et je me trouve juste en dessous. Wolf le saisit par la pointe de la barbe et le maintient en équilibre, me laissant le temps de m'écarter en rampant. La lourde masse de Charlie fait trembler le sol en s'écrasant.

— Viens, m'adresse Wolf. Ne restons pas là. Si mes prédictions sont justes, ça ne va pas tarder à vraiment chauffer dans le coin.

Je me relève avec peine en bredouillant :

— Mer... Merci.

Le jeune garçon émet un petit rire en me tendant la main :

— Je ne me suis pas présenté : Wolfgang Amadeus.

— C... comme... comme le musicien.

Je suis loin d'être un érudit en matière de musique classique, mais je sais quand même qu'il s'agit du prénom de Mozart. Le jeune garçon part d'un rire étonnamment clair.

— Je t'expliquerai plus tard, déclare-t-il. Pour l'instant, il ne faut vraiment pas traîner. Les copains de Charlie ne vont pas tarder à rappliquer.

Au moment où il prononce cette phrase, une forte explosion retentit. Un pan de mur entier du bâtiment s'écroule non loin de nous. D'un geste autoritaire, mon nouvel ami me fait signe de le suivre. Inutile de se faire prier, le colosse vient de pousser un gémissement sourd, il est en train de reprendre connaissance. Nous filons comme des flèches, Wolf emprunte les escaliers.

— On arrivera mieux à s'en sortir par les toits.

Parfaitement d'accord, les toits, c'est un peu ma spécialité. Une nouvelle explosion retentit. L'immeuble entier vibre, les grincements nous enveloppent, comme dans les cales d'un bateau pris au beau milieu d'une terrible tempête.

— Vite, me presse Wolf.

Nous atteignons le quatrième étage. Je tire mon compagnon par la manche et lui désigne une lucarne.

— Par là, il y a un passage. L'échelle est dans le débarras plus loin.

Il m'adresse un clin d'œil en murmurant :

— Je pense qu'on va bien s'entendre tous les deux.

Nous voici sur le toit. Des filets de fumée épaisse et noire s'élèvent en de multiples endroits. Je ressens un pincement au cœur, c'est mon collège après tout, l'endroit où j'ai passé une bonne partie de ma jeunesse. Je m'arrête de courir dans ce champ de ruines.

— Qu'est-ce que tu fais ? me crie Wolf.

Je tombe à genoux, incapable d'aller plus loin. Wolf s'accroupit à mon niveau.

— Il faut y aller, me presse-t-il d'une voix douce. Tu t'en es très bien sorti jusqu'à présent. Mais ce n'est pas le moment de faiblir. On est bientôt tirés d'affaire. Je t'en supplie, relève-toi.

Les sanglots se mêlent aux mots, m'empêchant de répondre.

— Je comprends, chuchote mon nouvel ami. Laisse-moi juste te faire une promesse.

Il me fixe de ses yeux clairs. L'intensité de son regard provoque en moi un vertige terrible. Il approche son visage du mien :

— Lorsque nous serons en sécurité, je ferai tout ce qui est en mon pouvoir pour que tu deviennes plus fort. Bien plus fort.

Il m'adresse un sourire d'une bienveillance telle que je me sens traversé par un courant de réconfort. Il ajoute alors à mi-voix :

— Et tu peux me faire confiance, niveau pouvoirs, j'ai quelques compétences.

J'essuie les larmes sur mes joues du revers de la main alors qu'il m'aide à me relever. Je parviens à lui sourire. Il hoche la tête en signe d'approbation.

Les fondations tremblent de plus belle sous nos pieds. Je jette des regards affolés autour de moi. Une partie du toit est en train de s'effondrer, lentement, dans un mouvement presque gracieux, telle une vague. Les tuiles se fracassent les unes contre les autres dans un vacarme assourdissant. Une forme conique, énorme et noire, émerge des décombres.

— Bon sang, siffle Wolf. Ils sont déjà là.

La forme s'élève vers le ciel et nous enveloppe de son ombre. C'est un engin mécanique, semblable à un animal monstrueux au museau pointu. Sur le flanc de la bête, une porte s'entrouvre dans un sifflement pneumatique, révélant trois silhouettes immobiles.

— Viens, me souffle Wolf.

Les trois hommes se sont avancés sur le toit. J'identifie l'un d'entre eux grâce au long fusil qu'il tient d'une main. Ce que je craignais le plus se révèle exact : ils ont retrouvé ma trace. Dans le groupe, une des trois silhouettes se tient légèrement en retrait. Par sa corpulence, il ressemble à un adolescent. La capuche de son sweat rabattue sur son visage, il me fixe. Un sentiment extrêmement désagréable émane de lui, comme s'il était composé d'une matière toxique.

Le plus impressionnant reste cependant celui qui se tient au centre du groupe. D'une stature imposante, il affiche une assurance crâne qui me glace le sang. Il porte une barbe qui lui descend jusqu'au bas de la poitrine. Je ne distingue pas ses traits mais sens son regard posé sur moi avec une insistance malsaine. Il a la stature d'un chef et semble tout à son aise pour diriger ses hommes. Une certitude me frappe : je suis sa proie.

Un rire tonitruant éclate dans mon dos. Charlie vient d'émerger de la lucarne, il coupe notre retraite. Nous sommes pris au piège.

— Livre-nous le garçon, demande le chef du groupe d'une voix grave et suave.

Je me mets à trembler de tous mes membres. Wolf a senti mon trouble, il me maintient près de lui.

— Ne t'inquiète pas, rien n'est encore joué, me chuchote-t-il au creux de l'oreille.

Le pommeau de sa canne de métal scintille malgré la faible luminosité. Il représente un loup.

— Allons, Wolf, tu sais que tu ne fais pas le poids, insiste l'homme.

Mon compagnon lâche un petit rire tout en levant les yeux au ciel. Son sourire se fait plus franc. Une curieuse vibration monte dans l'atmosphère, si régulière qu'elle se fond avec le brouhaha ambiant, comme un sifflement ténu.

— Tu es prêt ? me demande Wolf.

Je hoche la tête en silence. En vérité, je ne le suis pas, mais ai-je d'autre choix que de suivre mon nouvel ami ?

— Accroche-toi, murmure-t-il.

Brusquement, il me tire vers l'avant, nous précipitant jusqu'au bord du toit. Puis, sans marquer la moindre hésitation, il m'entraîne dans le vide.

Un long cri s'étouffe dans ma gorge. Mes yeux sont fermés. Je me cramponne à Wolf.

Et soudain, une secousse me propulse vers le haut, suivie par une sensation de flottement.

J'ouvre les yeux.

Nous volons au-dessus de Paris.

Au sol, la machine conique repose sur son flanc. Elle a percé un trou énorme au beau milieu de mon collège. L'homme qui se trouve devant avec ses deux acolytes lève son visage dans notre direction. Nous n'en avons pas fini tous les deux.

Le regard de Wolf est posé sur moi. Il a agrippé une corde d'une main. De l'autre, il me tient contre lui. Son regard est encore plus pétillant que tout à l'heure. Les pales de l'hélicoptère au-dessus de nous donnent l'impression de tourner au ralenti.

— C'est bon, me dit Wolf.

Au son de sa voix, je m'abandonne entièrement.

La tête dans le cosmos.

Paris défile sous mes pieds. Ma ville. Comme je ne l'ai jamais vue. Le vent siffle à mes oreilles, mes cheveux volent en tous sens. Le silence m'enveloppe. Contre toute attente, l'apaisement me gagne.

L'hélicoptère vole à vive allure. La corde est tendue, quelqu'un est en train de nous hisser. Et bientôt, des bras me tirent dans l'habitacle. Je me sens vaciller, comme pris d'une soudaine ivresse. On m'assoit sur un siège. On boucle ma ceinture. Une voix grave me demande :

— Ça va, mon garçon ?

Un homme est assis en face de moi. J'ouvre la bouche sans parvenir à émettre le moindre son. L'homme me sourit. À travers sa barbe blanche. C'est fou ce que je peux croiser comme barbus en ce moment. L'homme pose une main sur mon bras.

J'ai l'impression de le connaître.

Pour avoir vu son portrait de nombreuses fois dans mes manuels.

Pour avoir appris par cœur certaines de ses poésies.

Pour avoir étudié des passages entiers de ses livres.

Mais ce n'est qu'une impression, je dois être devenu complètement fou.

Je finis par sombrer dans l'inconscience.

Chapitre 7

Lorsque j'émerge enfin, je suis allongé. Dans un lit. Le contact des draps me procure une sensation agréable. Une odeur de propre monte à mes narines. Je m'étire et ouvre enfin les yeux. Je ne suis pas chez moi. Il n'y a aucune fenêtre dans la pièce et je n'ai pas la moindre idée de l'heure qu'il peut être. Un sentiment de panique me traverse. Puis le souvenir de l'homme qui s'est adressé à moi avant que je ne m'évanouisse me revient.

Après quelques minutes, je parviens à retrouver mon calme et m'assois sur le lit. À ce moment-là, la porte de ma chambre s'entrebâille et une voix qui m'est désormais familière retentit :

— Bien dormi ?

Wolf est plus souriant que jamais. L'énergie qu'il dégage est telle que je me sens soudain tout à fait éveillé. Heureusement car Wolf ne me laisse aucun répit :

— Tu as dormi au moins huit heures. Mais ce n'est pas plus mal, parce que, avec ce qui t'attend, mieux vaut être bien reposé.

Il ébouriffe mes cheveux en s'asseyant à côté de moi. C'est la première fois que je vois distinctement son visage. Difficile de déterminer son âge.

— J'ai dix-sept ans, me déclare-t-il comme s'il avait lu dans mes pensées.

Il lève les yeux au ciel avant d'ajouter :

— Enfin, je suis bien plus vieux que ça, mais je vais laisser à notre chef le soin de t'expliquer tout cela dans les moindres détails.

Je ne sais pas encore ce qu'il a en tête ; en ce qui me concerne, j'ai une urgence à régler :

— Il faudrait prévenir ma famille que je suis ici.

Pour la première fois, je vois son visage s'assombrir. Son regard se voile alors qu'il me déclare à mi-voix :

— Mieux vaut que tu t'entretiennes avec le chef d'abord. Et après, tu comprendras la gravité de la situation.

Il se lève brusquement.

— Je vais te laisser t'habiller tranquillement et après je te conduirai à lui.

Il me montre la petite salle de bains attenante à ma chambre, ainsi que des habits propres suspendus à une patère.

Dix minutes plus tard, nous marchons en silence dans la semi-obscurité d'un couloir. Tous les cinq mètres, un plafonnier dispense une lumière blafarde. L'humidité est importante, des bruits étouffés d'eau qui s'écoule me parviennent, comme si nous étions sous terre. Une porte massive composée de deux battants se découpe bientôt au bout du couloir.

— Attends-toi à un choc, me dit Wolf en tournant la poignée.

La lumière me frappe de plein fouet. Je me protège les yeux de la main, jusqu'à ce que je réussisse à distinguer ce qui m'entoure.

La salle est immense, la hauteur sous plafond vertigineuse. Mais le plus impressionnant reste son aménagement. Le décor est subjuguant et totalement à l'image du rêve que j'ai fait la veille. J'en ai le souffle coupé. La végétation foisonne. De multiples fleurs offrent une variété colorée impressionnante, le vrombissement des insectes et le pépiement des oiseaux sont continus. Je fais quelques pas, mes yeux rivés sur ce spectacle extraordinaire.

— Babylone, me souffle Wolf.

J'acquiesce d'un hochement de tête, incapable de manifester autrement mon émotion. Des arbres gigantesques cernent la pièce, leur feuillage masque en partie la voûte du plafond. Une nuée de colibris passe au-dessus de nos têtes. L'un d'entre eux s'échappe de la formation et vient se poster devant mes yeux en faisant du sur-place. Wolf le chasse d'un geste.

— Ouste, dit-il.

Puis, se tournant vers moi :

— Ne te laisse pas importuner par ces satanées bestioles. Viens, hâtons-nous, le grand chef doit nous attendre.

Il me conduit jusqu'à un escalier en colimaçon débouchant sur un vaste plateau protégé par une verrière. La structure repose sur des piliers de métal, la construction a l'air particulièrement solide. Au fond de cette pièce est installé un petit bureau. Un homme est assis derrière, penché sur un document qu'il étudie avec soin. Je le reconnais, c'est lui qui m'a accueilli dans l'hélicoptère. Wolf tousse dans son poing et l'homme lève la tête.

— Ah, enfin réveillé, nous lance-t-il d'une voix étonnamment claire.

Il se lève pour me serrer la main. Sa poigne est forte, elle m'enveloppe entièrement les doigts, mais la sensation est loin d'être désagréable, elle est même plutôt réconfortante. Je ne l'ai pas quitté des yeux. Dans la lumière de la verrière, son visage semble taillé dans la pierre. Il coupe court à mon observation en s'empressant de me dire :

— Avant que tu ne te demandes si tu n'es pas devenu complètement fou, je crois qu'il vaut mieux que je te raconte toute notre histoire.

Il me montre deux fauteuils placés l'un en face de l'autre et, d'un geste, m'invite à prendre place dans l'un deux. Il s'assoit en face de moi. Wolf, quant à lui, m'adresse un clin d'œil avant de quitter la pièce en silence.

— L'histoire que je vais te conter, peu de gens peuvent se vanter de la connaître. Tu seras même un des premiers à l'entendre.

Un voile sombre traverse son visage :

— Ce n'est pas une histoire très longue, et je pense que tu es totalement apte à en saisir… la démesure.

Il me fixe alors pendant de longues secondes. Puis il tire de la poche de son veston un énorme cigare qu'il s'empresse d'allumer.

— Puisque je vais te dévoiler notre secret, autant être à mon aise, me dit-il entre deux bouffées. J'espère que la fumée ne te dérange pas.

Un épais brouillard se développe autour de lui. Il réprime une toux et se lance dans son récit.

Je me souviendrai toujours des premiers mots qu'il a prononcés. Car, par cette simple phrase, il a scellé mon avenir. Et par ses propos, il m'a propulsé dans un monde dont je n'aurais jamais pu soupçonner l'existence. Au fur et à mesure qu'il parlait, je réalisais que nul autre mot ne pouvait mieux correspondre à son histoire que celui qu'il avait employé en préambule : la démesure.

Chapitre 8

— Voici l'histoire des Sept de Babylone, commence l'homme.

D'un geste ample, il me désigne l'endroit. Je comprends immédiatement que Babylone est justement le lieu dans lequel nous nous trouvons.

— C'est une histoire qui prend sa source il y a plusieurs décennies de cela, alors que le monde occidental se consumait tel un gigantesque brasier, pendant la Seconde Guerre mondiale.

L'extrémité de son cigare crépite dans un éclat vif et rougeoyant.

— Les nazis cherchaient par tous les moyens à obtenir une victoire radicale et irréversible. Ils ne reculaient devant rien, et c'est dans ces circonstances qu'ils créèrent une faction entièrement dédiée à l'occultisme et à l'ésotérisme.

Je fronce les sourcils. Les derniers termes employés par mon hôte me sont inconnus.

— De la sorcellerie, pour faire plus simple, m'explique-t-il en remarquant mon trouble. Les nazis croyaient à la puissance de la magie noire, et certains d'entre eux étaient persuadés qu'elle pouvait leur permettre de gagner la guerre. La faction qu'ils ont mise en place était importante et les moyens mis en œuvre colossaux. Malheureusement pour eux, ils n'ont jamais rien trouvé.

Un sourire méprisant étire ses lèvres.

— Les Alliés, en revanche…

Son rire se transforme en un éclat tonitruant.

— Très rapidement, les Alliés ont appris, par le biais de l'espionnage, les agissements des nazis. Et ils ont cherché à reproduire le même genre de recherches qu'eux. Dans les sciences occultes.

Il tire sur son cigare. La fumée l'enveloppe de nouveau.

— Les Français ont créé leur propre service. Quelque chose de vraiment modeste. Et je dois dire qu'ils ont été les premiers surpris lorsque, en octobre 1942, en pleine Occupation, ils ont fait une découverte.

Le silence se fait, soulignant l'imminence des révélations que l'homme s'apprête à me faire.

— Un grimoire et une simple pierre.

Ces mots sonnent curieusement, comme s'il s'agissait de la clé d'un trésor inestimable.

— Le grimoire était difficilement traduisible. Les textes qu'il renfermait étaient composés d'anciennes runes qui ne ressemblaient en rien à ce que l'on connaissait alors. Cette découverte s'avéra rapidement très frustrante. Les Français avaient conscience d'avoir mis la main sur un fabuleux trésor, mais ils étaient bien incapables de l'utiliser.

L'homme pousse un soupir. Il fait corps avec son récit, marquant des silences tels que je n'ai d'autre choix que de rester suspendu à ses lèvres. Il poursuit d'une voix sourde :

— La guerre s'acheva. Et chacun des deux camps enterra ses morts. Une année s'écoula, puis une décennie et deux autres. Au cœur des années 1970, le gouvernement français décida de dissoudre le centre de recherches occultes. Il n'y avait plus aucune raison de maintenir ces agissements. Pourtant, alors que cette faction vivait ses dernières heures, un homme continuait dans l'ombre à étudier le grimoire. Il était jeune et avait été affecté à ce bureau dès son entrée dans les services secrets. Ses supérieurs avaient probablement considéré cette promotion comme une punition, ce qui était loin d'être son cas. Les sciences occultes étaient sa passion, et lorsqu'il posa pour la première fois les yeux sur le grimoire et la pierre, il se fit une promesse : un jour, il en percerait le secret.

À cette évocation, les yeux de mon interlocuteur s'illuminent d'un éclat vif.

— Il se faisait appeler J. Marcus Baroness. Mais son vrai nom était Jean-Marc Lebaron. Dans les années 1970, la France subissait l'influence des États-Unis de plein fouet, et le choix de ce surnom n'y était pas étranger.

L'homme pousse un gloussement, comme une coquetterie ponctuant son récit.

— J. Marcus étudiât le grimoire. Il passait ses journées à essayer de le traduire. Ainsi que son temps libre. Il était plutôt du genre persévérant et pouvait rester de longues heures enfermé à travailler sans relâche. Un beau jour, son acharnement finit par porter ses fruits : il en perça enfin le mystère.

L'homme se lève soudain, donnant l'impression de ne pouvoir rester en place à ce stade de son récit.

— La pierre était magique et le grimoire contenait des incantations permettant de l'utiliser. Le pouvoir de ce joyau était infini, il permettait de faire revenir certaines personnes d'entre les morts. Mais attention, ceux qui bénéficiaient de ce privilège devaient posséder une particularité bien précise : ils devaient subsister dans la mémoire collective.

Je n'ai pas osé l'interrompre. Une force impressionnante se dégage de cet homme. Sa stature, son éloquence ; tout indique qu'il n'est pas n'importe qui. Il émane de lui une aura particulière, comme s'il était nimbé d'un voile invisible inspirant un respect absolu. Mais je ne suis pas certain d'avoir entièrement saisi la teneur de sa dernière révélation.

— Vous voulez dire : il faut que ça soit des personnes dont tout le monde se souvient ? demandé-je.

— Exactement.

— Des gens connus...

Ma voix n'est plus qu'un murmure. Dans mon esprit, les pièces du puzzle commencent à s'assembler.

— J. Marcus avait conscience de l'incroyable pouvoir de sa découverte, poursuit-il. Il avait également conscience de l'urgence de ses travaux. Son service allait disparaître. Et sous l'impulsion de sa jeunesse, il commit l'irréparable : il utilisa la pierre.

L'homme se rassoit, lourdement, comme s'il voulait éprouver les ressorts de son fauteuil.

— Il y avait quelqu'un que J. Marcus admirait plus que quiconque. Il vouait un véritable culte à ce personnage historique, et c'est sur lui que son choix se porta.

L'homme tire sur son cigare. Ses joues se creusent et son visage disparaît momentanément derrière la fumée, puis il articule avec soin en faisant claquer chaque syllabe sur son palais :

— Léonard de Vinci.

Son regard se perd dans le vide. Une ombre traverse son visage.

— L'expérience a réussi, mais elle s'avéra désastreuse. À tous les niveaux.

Je n'ose pas l'interrompre de nouveau. J'ai l'impression d'être en train de rêver. Les feuillages des arbres bruissent à l'extérieur de la verrière, les oiseaux pépient, insensibles aux pensées qui bouleversent mon esprit.

— Léonard n'était pas vraiment une mauvaise personne. Mais une seule chose l'intéressait : le pouvoir. Et l'incantation du grimoire l'a fait basculer vers ses penchants les moins louables. La pierre, dans toute sa puissance, altère la personnalité des gens qu'elle fait revivre. Et Léonard se transforma en véritable psychopathe. Après être revenu d'entre les morts, il échappa totalement à J. Marcus. Mais ce n'était pas le plus grave. Il parvint à dérober un fragment de la pierre. À l'origine, la pierre était capable de faire revenir quatorze personnes. Dès lors, chacun des deux fragments pouvait en faire revenir sept.

L'homme pousse un soupir. Si profond que j'ai l'impression qu'il est en train de se dégonfler.

— J. Marcus se rendit alors compte qu'il venait de livrer au monde la pire des infamies. Une monstruosité dont le seul but serait d'en devenir le maître absolu. Tout ce qu'il fit ensuite n'eut qu'un unique objectif : réparer sa faute. Il s'enfuit avec la pierre et le grimoire. Il disparut complètement dans la nature. En vérité, il n'œuvrait que pour contrecarrer les plans diaboliques de Léonard. Et c'est dans cette optique qu'il utilisa de nouveau le pouvoir de la pierre.

L'homme paraît se détendre l'espace d'un instant. Il se cale plus confortablement dans son fauteuil avant de poursuivre :

— Il fonda une équipe. Elle porte le nom des Sept de Babylone. Il lui fallait l'élite. Des gens à l'intelligence et à la force remarquables, capables de déjouer les pièges de Léonard et de le mettre hors d'état de nuire. J'en suis actuellement le chef et je crois qu'il est temps pour moi de me présenter.

Il me décoche un sourire et murmure :

— Hugo.

Son sourire s'élargit.

— Victor Hugo.

Chapitre 9

Ma bouche est grande ouverte. J'hésite entre rire et pleurer. Quelques mots parviennent à franchir le pas de mes lèvres :

— Il faudrait que je prévienne mes parents que je vais bien...

Le regard de Victor Hugo se voile d'une nuance sombre qui n'augure rien de bon.

— Léonard est à ta poursuite, déclare-t-il. C'est un fait. Lors de la destruction de ton collège, c'est toi qui étais visé. Je crois qu'il est temps que tu me racontes ce qu'il t'est arrivé la nuit dernière.

Sa voix se pare d'un accent presque menaçant. Ai-je le choix ? Je me résous à tout lui raconter, dans les moindres détails, de ma balade sur les toits jusqu'à la mort du mystérieux fugitif. Victor Hugo acquiesce à chacune de mes phrases, il semble enregistrer mes paroles avec une attention consciencieuse.

Mon récit est bien plus court que le sien. Une fois celui-ci terminé, mon hôte reste silencieux, ses sourcils froncés trahissant une intense réflexion.

— Pour ma famille... l'interrompé-je.

— C'est impossible. Une fois que tu comprendras toute l'histoire à laquelle tu es mêlé, tu verras que je n'ai pas d'autre choix pour l'instant que de te garder avec nous.

D'un geste de la main, mon hôte me fait comprendre qu'il est inutile de protester. Je baisse les yeux en signe de capitulation.

— Ne t'inquiète pas pour eux, me dit Victor. Mieux vaut qu'ils n'interviennent pas pour l'instant dans nos affaires. Tu peux me faire confiance.

Il se lève alors brusquement après avoir écrasé son cigare dans le cendrier.

— Mais avant de poursuivre, je crois qu'il est temps que je te présente au reste de l'équipe.

Malgré mon inquiétude concernant ma famille, je brûle d'en savoir davantage sur cette mystérieuse confrérie. Nous quittons son bureau pour nous rendre, à travers un dédale de couloirs, dans une salle aux dimensions modestes. Les murs sont couverts de draperies lourdes et deux immenses canapés de velours rouge trônent au centre. Un piano droit est installé le long du mur ainsi qu'une grande bibliothèque proposant un choix d'innombrables ouvrages. Au fond, un vieux gramophone est posé sur une table basse et, juste à côté, un bar où scintillent sous la lumière électrique un nombre impressionnant de verres et de bouteilles. Cinq personnes occupent cette pièce, et elles ont l'air de nous attendre. Assis sur les canapés, ils me dévisagent sans la moindre retenue.

— C'est notre salle de repos, m'explique Victor. Et voici les membres de notre équipe.

Chacune des personnes concernées hoche la tête. Parmi eux, j'en connais déjà un : Wolf. Ce dernier me gratifie d'un clin d'œil, comme si notre complicité était désormais un fait établi. En remarquant notre manège, Victor s'empresse de dire :

— Tu as déjà fait la connaissance de Wolf. Son nom complet est Wolfgang Amadeus Mozart. Il est notre spécialiste en infiltration et sa dextérité n'a pas d'égal.

Wolf m'adresse un bref salut de la main alors que Victor poursuit les présentations :

— Les deux garçons taciturnes assis l'un à côté de l'autre sont Wilhelm et Jacob. Tu dois probablement les connaître sous leur nom de famille, ce sont les frères Grimm.

Les deux hommes me saluent à leur tour. Ils doivent avoir une vingtaine d'années et portent les cheveux longs. Ils ressemblent à deux rock stars, à leur façon négligée d'étendre leurs jambes sur le tapis épais qui sépare les deux canapés.

— Ils sont nos spécialistes en sorcellerie et en haute technologie, explique Victor. Et tout le monde les appelle Will et Jake.

— Jake et Will, corrige celui que je suppose donc être Jake.

Victor ne relève pas et continue :

— L'homme qui est à côté d'eux et qui peine à tenir sur ce canapé vient de loin, de très loin. Il est notre spécialiste en muscles et en interventions brutales.

Sa carrure est impressionnante et son allure rustique. Ses moustaches me laissent bouche bée. Longues et fournies, elles descendent jusqu'à sa poitrine et sont tressées en deux énormes nattes.

— Tu as déjà dû en entendre parler dans tes livres d'histoire. Il s'agit de Vercingétorix. Son surnom est Verse.

L'intéressé pousse une espèce de grognement en guise de bonjour. Victor finit alors les présentations :

— Et le petit homme en face d'eux est, je dois le reconnaître, notre atout le plus précieux.

Cette déclaration me laisse sceptique : l'homme en question ne paie pas de mine. Il est si ratatiné qu'il donne l'impression d'être sur le point de se faire avaler par le canapé. Mais dès l'instant où il lève les yeux vers moi, je suis transpercé par un frisson glacé. Je n'ai jamais vu un tel regard. Il dégage une profonde sagesse, comme s'il contenait la totalité de la connaissance humaine. Je détourne les yeux, troublé, alors que Victor termine :

— Il est notre spécialiste en stratégie. Il est également notre médecin. Son intelligence est sans commune mesure. Et il vient de temps encore plus anciens que Verse. Ses écrits les plus connus s'intitulent l'*Iliade* et l'*Odyssée* et évoquent une époque où les dieux régnaient sur la Terre. Il s'appelle Homère, et tout le monde ici l'appelle... Homère.

Victor éclate de rire, visiblement satisfait de son trait d'esprit. Will Grimm l'interrompt :

— Parfait, Toth, maintenant que tu as fait les présentations, peut-être que l'on peut passer à la suite du programme ? Je ne sais pas si tu en as conscience, mais l'heure est grave.

— Toth ?

— J'ai moi aussi un surnom, me confirme Victor Hugo.

Il tire un nouveau cigare de sa poche avant de déclarer.

— Et effectivement, Will n'a pas tort, l'heure est grave. Je dois pourtant finir de t'expliquer certains aspects concernant notre équipe. Tu seras alors prêt à faire un choix, car forcément, à un moment ou à un autre, il te faudra prendre une décision.

Il allume lentement son cigare, en tirant une série de bouffées successives, avant de terminer :

— Une décision qui fera basculer ta vie de façon définitive.

*

Nous empruntons un grand escalier descendant jusqu'aux entrailles de la terre. Selon Toth, il n'y a qu'une seule façon pour moi de prendre conscience de leur puissance.

— Nous allons te mener au cœur de notre repaire. Là où nul n'a encore eu le privilège de se rendre.

Les marches se succèdent. Nous sommes au complet et nos pas résonnent dans les profondeurs de la terre. Nous parvenons enfin au terme de notre descente, sur un palier plus vaste. Devant nous se dresse une porte immense en métal sombre. Toth tire une clé suspendue à son cou par une simple lanière de cuir. Il l'introduit dans la serrure et la fait tourner. Un cliquetis retentit, révélant un mécanisme complexe et de toute évidence inviolable. Toth pousse les battants et la porte s'ouvre sur une pièce circulaire nimbée d'une lumière bleue et spectrale. En son centre, un piédestal cylindrique et, posé dessus, un fragment de roche d'une incandescence électrique. Un bourdonnement continu emplit la pièce.

— La pierre, murmure Toth.

Derrière le minéral exposé se trouve un lutrin en bois, d'une conception simple – presque modeste. Un livre épais y est ouvert.

— Le grimoire, termine mon hôte.

Toth va se placer derrière le lutrin. La luminosité de la pierre fait danser sur son visage des ombres étranges, lui conférant un air inquiétant. Il nous regarde tous les uns après les autres, puis sa voix s'élève dans l'atmosphère glacée de la pièce :

— Nous étions les Sept de Babylone. Nous ne sommes plus que six. La nuit dernière, l'un des nôtres s'en est allé rejoindre le royaume des ombres.

Je ne peux m'empêcher de murmurer :

— Chrétien de Troyes.

Toth m'adresse un regard respectueux.

— Mon jeune garçon, il semblerait que tu ne sois pas en reste au niveau culture générale. C'est un précieux atout que nous prendrons en compte.

Wolf me fait un nouveau clin d'œil alors que Toth continue de parler :

— Chrétien était un guerrier accompli et redoutable. Il est allé jusqu'au bout de sa quête. Sa dernière action nous a offert un nouvel allié.

Il me désigne du menton.

— Il est certes un peu jeune, mais je suis persuadé qu'il comprendra la justesse de notre mission et en épousera les préceptes. S'il accepte de se joindre à nous, nous le formerons afin qu'il devienne plus fort.

La luminosité de la pierre vibre d'un éclat bref et vif, comme pour appuyer les propos de mon ami.

— Nous ne sommes plus que six. Ce n'est pas suffisant pour contrer les plans diaboliques de notre ennemi de toujours, Léonard. Il est à présent grand temps de compléter notre équipe et de faire revenir une nouvelle personne d'entre les morts.

D'un geste auguste, il tourne alors une page du grimoire et commence à lire à voix haute.

Ses paroles ne ressemblent à rien de ce que j'ai pu entendre auparavant. C'est une langue étrange, les syllabes s'enchaînent sans temps mort. Toth reprend pourtant son souffle de temps en temps. Sa voix semble s'épaissir alors que les pages du grimoire défilent de plus en plus vite. Bientôt, il est presque en train de hurler. Ses yeux lancent des éclairs et sa chevelure blanche tournoie au rythme de ses mouvements.

Le bourdonnement de la pierre s'est intensifié. Je résiste à l'envie de plaquer mes mains sur mes oreilles. La luminosité a également augmenté. Je détourne le regard, de peur d'être frappé de cécité. Les autres membres de l'équipe se tiennent droits, dans une attitude empreinte d'une noblesse intimidante. Même Wolf semble avoir mis de côté la fougue de sa jeunesse. La gravité de ses traits révèle l'essence même de sa personnalité. Je m'en trouve abasourdi.

La voix de Toth continue de monter, couvrant le bourdonnement. Un éclat de lumière plus vif zèbre les airs, suivi d'un claquement sec.

Puis le silence.

Total.

— C'est tout ?

Ma voix s'élève comme un pépiement d'oiseau. Impossible de ne pas manifester ma déception. Les membres de l'équipe se tournent tour à tour vers moi.

— La personne que nous venons de faire revenir d'entre les morts n'apparaît pas dans cette pièce, m'explique Wolf. Ce serait trop simple.

— Il faut à présent aller la chercher, intervient Jake Grimm. Mais elle ne devrait pas être bien loin. Probablement dans Paris.

Toth acquiesce d'un mouvement de la tête avant de me fixer de ses yeux noirs.

— Je crois que le moment est venu pour toi de prendre une décision et de nous dire si tu veux être de la partie.

Tous les regards sont rivés sur moi. Les pensées se bousculent dans ma tête. Comment faire un choix aussi difficile ? J'ai l'impression d'être au bord d'un immense précipice. Que peuvent bien dissimuler ses profondeurs ? Et que se passera-t-il si je refuse ? Peut-être me laisseront-ils partir ? Regagner tranquillement ma chambre où je reprendrai ma vie de tous les jours. Je songe à mes parents. Ils doivent être morts d'inquiétude. Je songe aussi à Lili. Elle est encore petite et a besoin de moi. Une émotion immense m'étreint le cœur.

Je songe alors à *moi*.

Jasper. Treize ans.

Une famille, des amis, une vie sans problèmes. Banale, pourraient avancer les esprits chagrins. Une tendance à se laisser porter par la vie, sans réel enthousiasme, mais sans rechigner non plus. Je ris, je peux faire la tête, et il peut également m'arriver de pleurer – mais de plus en plus rarement. Une seule chose parvient à me tirer de mon quotidien : l'escalade. Lorsque je pratique avec mon club, en salle ou sur les rochers de Fontainebleau, je cherche toujours à me hisser plus haut, toujours plus haut.

La tête dans le cosmos.

Je ne suis jamais aussi bien que sur les toits de Paris. Et si je devais résumer ma personnalité à un seul talent, ce serait celui-ci : je ne souffre pas de vertige.

Et me voici au bord du précipice avec pour unique choix de rester sur la terre ferme… ou de sauter.

En fin de compte, jamais décision n'a été aussi simple à prendre. Et en même temps si complexe. Je ferme les yeux, l'évidence jaillit dans mon esprit.

Je choisis de sauter.

— Je… je suis de la partie.

Ma voix n'est qu'un souffle.

— Pardon ? me lance Toth.

Je répète d'un ton plus ferme :

— Je suis de la partie.

Je réalise alors que je me suis redressé. Mes épaules sont en arrière, conférant à mon attitude une nuance de défi. Toth me toise d'un air où se mélangent l'amusement et – il me semble – une pointe de respect. Mes derniers mots n'en finissent pas de résonner dans mon crâne jusqu'à ne devenir qu'un faible murmure :

— Je suis de la partie.

Chapitre 10

— Tu n'avais pas vraiment le choix, mais je préférais que la décision vienne de toi et de toi seul.

Toth me fixe de son regard sombre alors que j'enfile une veste noire matelassée. Il m'a conduit dans une salle où sont suspendus une quantité impressionnante de vêtements. Il me laisse essayer une veste à ma taille. Nous sommes seuls.

— Tu n'avais pas vraiment le choix, répète-t-il. Mais laisse-moi un peu t'expliquer la suite de notre histoire, et à ce moment-là, tu comprendras mieux où je veux en venir.

Je m'attends à ce qu'il sorte un nouveau cigare de sa poche mais il s'abstient, la pièce est bien trop exiguë pour qu'il se le permette.

— Cela fait cinquante ans que Léonard et moi nous livrons un combat acharné, commence-t-il.

— Mais comment se fait-il que personne n'ait entendu parler de vous ?

— Nous sommes tenus à la plus grande discrétion. Si le monde avait connaissance de notre existence, ce serait le chaos. Et tous chercheraient à profiter du pouvoir de la pierre.

J'ai fini de m'habiller, mais Toth poursuit :

— Depuis peu, Léonard prend plus de risques. Il n'hésite pas à sortir de l'ombre, beaucoup trop souvent à mon goût. J'ai l'impression qu'il devient de plus en plus fou. Déjà qu'à la base…

Je fronce les sourcils, quelque chose m'échappe.

— C'est un déséquilibré, m'explique Toth. Nous revenons d'entre les morts, corrompus par le pouvoir de la pierre. Léonard a basculé dans la démence, et c'est la pierre qui en est responsable. Elle nous confère une puissance considérable que nous distribuons selon des critères bien précis.

Là aussi je dois avoir l'air perplexe, parce qu'il s'empresse de m'expliquer :

— Certains traits de notre personnalité sont développés de manière spectaculaire. La force physique par exemple. Verse en a bénéficié de façon considérable. Il y a également l'intelligence.

Il se désigne du doigt en levant les yeux au ciel.

— L'adresse, poursuit-il. Un domaine dans lequel Wolf excelle. Et les aptitudes de santé mentale.

Il pousse un nouveau soupir, qui ressemble presque à un ricanement.

— Lorsque l'un d'entre nous revient, il est marqué par une *fêlure*. Ne me demande pas pourquoi, car c'est ainsi que fonctionne le pouvoir de la pierre. Léonard a été très affecté par cette fêlure et c'est pour cette raison qu'il est devenu dément et si mauvais.

— Mais vous ?

— J'ai eu plus de chance. Et peut-être qu'à la base j'étais quelqu'un de meilleur que lui ? En tout cas, je ne suis pas le pire... loin de là.

Nous sortons de la pièce. Toth poursuit son exposé alors que nous marchons dans un couloir qui doit nous conduire – selon mon ami – jusqu'au garage.

— Le grimoire nous a livré un nouveau secret, me confie Toth. Pas plus tard que l'année dernière. Un secret étonnant.

Il s'arrête brusquement de marcher et me fixe de ses yeux sombres.

— Il existe un moyen d'acquérir un maximum de puissance en un minimum de temps. Et ce, grâce à une nouvelle incantation. Léonard l'a apprise aussi, j'ignore par quel moyen. Et c'est sans nul doute pour cette raison qu'il se montre de plus en plus imprudent. S'il parvient à ses fins, il deviendra si puissant qu'il ne craindra plus rien et pourra enfin accéder à son vœu le plus cher : dominer le monde. Mais pour cela, il a besoin d'objets bien particuliers.

Il marque une légère hésitation. J'attends avec beaucoup d'appréhension ce qu'il s'apprête à me révéler.

— Des fragments de monuments historiques.

J'écarquille les yeux. Lui continue de m'expliquer, imperturbable :

— Nous avons des rapports bien particuliers avec les monuments historiques. Dès que nous en détruisons un, nous gagnons un peu plus de puissance. C'est terrible, mais c'est la vérité. Cependant, les fragments nécessaires pour la nouvelle incantation sont particuliers. Ce sont des fragments qui appartiennent aux Sept Merveilles du monde.

— Mais elles ont disparu ?! m'écrié-je.

Avant de me reprendre :

— Sauf une.

Toth hoche la tête d'un air grave.

— La pyramide de Khéops, confirme-t-il. Mais concernant les autres, il en reste des fragments disséminés partout dans le monde. Et notre but est à présent de mettre la main dessus avant Léonard et son équipe. Nous en possédons une. L'endroit où nous avons établi notre repaire. Il s'agit d'un fragment des jardins de Babylone, que nous avons réussi à reconstruire sous Paris.

D'un geste du bras, il désigne l'espace dans lequel nous nous trouvons.

— Nous sommes sous le Panthéon plus exactement.

— Mais qu'en est-il des autres ?

— Chrétien de Troyes avait réussi à en trouver une.

Je frémis. Je songe soudain à la minuscule fiole qu'il m'a cédée avant de mourir, et à la façon dont elle m'a explosé au visage. Toth remarque mon trouble. Sa mine s'assombrit soudain.

— Ton destin est à présent lié au nôtre. La fiole contenait un fragment de la statue chryséléphantine de Zeus.

— À l'état liquide ?

Toth hausse les épaules. Ce détail ne semble pas le troubler. Dans ma tête, les pièces du puzzle finissent de s'assembler. Je comprends à présent pourquoi Léonard et les siens étaient à mes trousses. Toth me saisit par les bras.

— Tu as avalé une partie du contenu de cette fiole. Tu imagines ce que cela signifie ? Tu n'as pas le choix, tu dois à présent rester avec nous.

— Mais si j'avais refusé d'être de la partie ?

— Nous t'aurions quand même retenu... contre ton gré. Comprends-tu seulement les enjeux qui menacent la race humaine ?

D'un bref hochement de tête, je lui signifie que oui. Toth reprend, d'un ton plus apaisé :

— Nous allons te protéger, jusqu'à ce que cette affaire soit terminée. Mais surtout, nous allons te former et t'entraîner de façon à ce que tu puisses te défendre tout seul.

Je parviens à lui sourire.

— Mais... mais cet entraînement, vous pensez qu'il durera longtemps ?

Toth éclate de rire.

— Aussi longtemps qu'il le faudra. Nous utilisons des méthodes qui te permettront d'aller bien plus vite que tu ne peux l'imaginer.

Il me serre le bras avec affection.

— J'aurais une chose à te demander sur un dernier point : on risque de faire un bout de chemin ensemble, alors tu vas me faire le plaisir de me tutoyer.

Nous reprenons notre marche dans le couloir. Je titube légèrement, pour des raisons qui me semblent très claires : je ne suis plus un garçon comme les autres. J'ai avalé par accident un fragment d'une statue antique, un trésor inestimable. Et je suis par cet acte devenu en quelque sorte la huitième Merveille du monde.

Mais surtout, surtout, la raison essentielle qui me procure ce léger vertige et empêche ma trajectoire d'être parfaitement rectiligne : je tutoie Victor Hugo.

Chapitre 11

La nuit est tombée. Assis dans une voiture qui roule à faible allure, je regarde les rues de Paris défiler devant mes yeux. Nous traversons la place de la Bastille. Wolf est à mes côtés. Verse conduit et, sur le siège passager, Toth regarde lui aussi à l'extérieur, plongé dans un silence que je n'ose pas briser. Je m'efforce de faire ce que l'on m'a demandé : essayer de repérer la personne que nous devons récupérer.

— Comment la reconnaître ?

J'avais posé cette question juste avant de monter dans la voiture.

— Tu la reconnaîtras lorsque tu la verras, m'avait affirmé Toth.

Et il n'avait rien dit de plus, laissant planer un grand mystère sur la nature de notre balade nocturne. Les frères Grimm et Homère avaient pris un autre véhicule, plus petit que le nôtre. Nous étions sortis d'un garage souterrain ; Toth n'avait pas menti en m'affirmant que leur repaire se situait sous le Panthéon, nous étions face au jardin du Luxembourg. Puis nous avions roulé, au hasard m'avait-il semblé, pendant au moins une heure.

Nous nous dirigeons vers République. Le moteur de notre voiture ronronne avec souplesse. Selon mes compagnons, il ne fait aucun doute que la personne que nous cherchons se trouve dans les rues de Paris. De temps en temps, une silhouette émerge de l'ombre, attirant mon attention. Parfois, il s'agit d'un sans-abri, le plus souvent d'une personne regagnant en hâte son domicile. Nous passons devant le cirque d'hiver. J'y ai vu un spectacle l'an passé. En compagnie de mes parents et de ma sœur. Ce souvenir me serre le cœur. Les lampadaires ponctuent notre trajet de leur lumière électrique, l'habitacle de l'automobile baigne dans une ambiance orangée. Le veston en cuir de Verse crisse sur son fauteuil. Je l'observe du coin de l'œil, il a l'air tout aussi concentré que son voisin de droite. Nous traversons la place de la République.

— On se dirige vers la Seine, murmure Toth.

Verse obtempère sans mot dire et prend la direction de Châtelet. Une fois sur place, Toth dit simplement :

— Rivoli.

La voiture s'engage dans la large avenue. Nous nous arrêtons à un feu rouge. Le silence devient de plus en plus oppressant. La mâchoire de Toth est serrée. Ses pommettes saillent sous sa peau tendue et le rythme de sa respiration est saccadé. Nous longeons à présent dans le Louvre. Au niveau du jardin des Tuileries, je me redresse tout à coup.

J'ai aperçu quelque chose.

Une silhouette blanche entre les arbres du jardin. Une apparition si furtive que je ne la remarque que par miracle.

— Là-bas...

Du doigt, je désigne l'endroit où j'ai entraperçu la silhouette.

— Arrête-toi sur le côté, ordonne immédiatement Toth au chauffeur.

Le jardin est fermé à cette heure de la nuit et d'imposantes grilles en interdisent l'accès. Je m'en approche et regarde au travers. La silhouette a disparu.

— C'était une personne habillée en blanc. Elle portait comme une grande chemise.

Les mots sortent de ma bouche à toute vitesse, comme si mon empressement pouvait justifier notre arrêt sur le trottoir. D'un geste, Toth m'invite à me calmer.

— Verse, murmure-t-il. Les grilles.

Le géant saute sur le muret pour saisir deux barres de métal. Il grimace sous l'effort, mais en moins de temps qu'il ne faut pour le dire, il parvient à les écarter à la seule force de ses bras.

— Punaise… murmuré-je, la bouche entrouverte.

Dans l'enceinte du parc, il fait encore plus sombre. Les silhouettes des arbres se découpent à peine dans la pénombre.

— Allons-y, chuchote Toth.

Je le regarde, interdit.

— Lorsque des personnes reviennent d'entre les morts, m'explique-t-il, elles sont emplies de confusion. Ce qui me semble tout à fait normal.

Je vois ses dents briller dans le noir alors qu'il poursuit :

— C'est la fameuse *fêlure* dont je te parlais tout à l'heure. Au réveil, elle agit comme un dysfonctionnement dans leur esprit, provoquant une forte perte de repères. Elles sont perdues et peuvent avoir des réactions inattendues, voire violentes.

Mes épaules sont agitées d'un frisson.

— C'est pour cette raison qu'il faut y aller doucement, termine Toth dans un murmure.

Nous nous avançons à tâtons dans les ténèbres. Le jardin paraît vide. Je reste aux côtés de mes compagnons ; aucune envie de me retrouver tout seul.

— Séparons-nous en deux groupes, murmure Toth. Verse et Wolf à droite, Jasper et moi nous irons à gauche.

Nous nous éloignons chacun dans une direction. Toth et moi faisons quelques centaines de mètres avant de nous retrouver au bord d'un bassin. La fontaine centrale a été éteinte. Un léger clapotis s'élève pourtant dans la nuit. Probablement des poissons.

— On va aller vers les arbres là-bas, me chuchote mon compagnon.

Il me désigne le fond du jardin. Je passe devant ; il est important pour moi de montrer que je suis à la hauteur de la situation, malgré la peur qui, progressivement, me vrille les entrailles. Nos pas sur les feuilles mortes produisent un crissement sur notre passage. Je bute sur une racine mais je me redresse rapidement.

— Si ça se trouve, j'ai eu une hallucination...

Toth ne me répond pas. Je me tourne pour réaliser avec horreur qu'il a disparu.

— Toth ?

J'appelle dans le noir sans obtenir la moindre réponse. Le vent fait bruire le feuillage des arbres. Je peste dans le silence de la nuit.

— Toth ?

Un grincement retentit tout à coup dans mon dos ; je sursaute vivement.

Et je la vois.

Elle se tient à quelques mètres de moi, immobile. C'est une fille, très jeune. Ses yeux sont si noirs qu'ils ressemblent à deux orbites creuses, comme deux puits sans fond. Ses longs cheveux pendent de chaque côté de son visage, semblables à un entrelacs d'algues sur une plage à marée basse. Et sa bouche est grande ouverte, laissant s'échapper un cri silencieux et terrifiant. J'appelle dans le vide :

— Toth ? Je... je crois... que... que je l'ai retrouvée.

La jeune femme lève le bras et pointe son index dans ma direction. Sur son visage se lit une détresse immense.

— Mad... mademoiselle. Nous... nous sommes là pour vous aider.

Elle penche la tête sur le côté avant de faire un pas dans ma direction. Incapable du moindre mouvement, complètement tétanisé par l'effroi, j'appelle de nouveau Toth. La jeune fille fait un pas supplémentaire. Une larme coule sur sa joue. Elle s'avance jusqu'à ce que le bout de son doigt effleure ma poitrine. Le contact est glacial, mais peut-il en être autrement pour une *morte-vivante* ?

— Jeanne ? appelle une voix dans l'obscurité.

C'est Toth. Enfin.

Il s'approche de nous lentement et, d'un geste d'une douceur extrême, m'écarte de la jeune fille.

— Jeanne, répète-t-il.

Une plainte lugubre s'élève depuis la bouche de cette dernière, semblable à celle d'un animal blessé.

— Tu n'as rien à craindre, chuchote mon ami. Tu n'es plus seule à présent. Nous allons te conduire en lieu sûr. Tu pourras t'y reposer et reprendre des forces.

Les épaules de la jeune fille s'affaissent d'un coup, comme si son accablement pesait trop lourd sur elle.

— Mais il faut faire vite. Nous ne sommes pas en sécurité ici. Jeanne, je t'en supplie.

La jeune fille émet un hoquet. Elle semble si frêle face à la stature imposante de Toth. Tout son corps se met à trembler avec violence. Toth la prend dans ses bras pour éviter qu'elle ne tombe. Quelque chose d'étrange se produit alors : une nuée d'étincelles bleutées les enveloppe tous deux. La jeune fille vacille, comme si elle perdait toute consistance. Sa tête ballotte en tous sens, sa bouche finit par se fermer. Toth ne l'a pas quittée du regard. Elle s'affaisse tout à coup. Toth la soutient en me faisant un signe de la tête.

— Essayons de retrouver les autres, il faut déguerpir d'ici au plus vite.

Il soulève le corps frêle de la jeune fille et la porte, inanimée, sur son épaule.

Nous regagnons la sortie du jardin en courant.

— Le pouvoir de la pierre est puissant, me confie Toth entre deux halètements. Léonard doit l'avoir perçu. Il sait que nous avons fait revenir quelqu'un ce soir et il doit déjà être à notre recherche.

Deux silhouettes nous rejoignent dans la pénombre : Wolf et Verse. Nous nous précipitons tous vers la sortie. En moins d'une minute, nous voilà dans la voiture. Toth a placé la jeune fille entre Wolf et moi, à l'arrière. Elle est toujours inconsciente. L'effroi me saisit : ses bras sont entièrement couverts de cicatrices sombres, comme des marques de brûlures. Wolf écarte quelques mèches noires qui traversent son visage de porcelaine. Le souffle court, il semble incapable de détourner son regard d'elle. Je le tire de sa contemplation en lui demandant :

— Jeanne ?

Il me confirme dans un murmure :

— Oui, Jeanne d'Arc. Il s'agit bien d'elle.

Verse démarre la voiture en trombe. Mais soudain, un crissement de pneus strident retentit sur la route derrière nous. Quatre phares éblouissants ont fait leur apparition ; deux voitures qui, de toute évidence, nous ont pris en chasse.

— Bon sang, grommelle Toth dans sa barbe. Je ne pensais pas qu'ils nous retrouveraient si vite.

Chapitre 12

Ce que j'avais pris pour deux voitures s'avère être en réalité une voiture et deux motos. Ces deux derniers engins sont rapides ; en un vrombissement, ils sont à notre niveau. Je reconnais immédiatement l'un des pilotes.

— Charlie, soupire Wolf.

— Charlie ? je demande.

— Charlemagne. Un des pires sbires que Léonard a fait revenir.

— Mais Charlemagne était vraiment méchant ?

Ma voix s'étrangle légèrement dans ma gorge.

— Nous l'ignorons, et ne le saurons probablement jamais. Une chose est pourtant sûre : lorsque Léonard fait revenir des personnes, il semblerait que ces dernières soient corrompues et ne développent que le côté sombre de leur personnalité. La pierre est encore loin de nous avoir dévoilé tous ses secrets.

— Et qui sont les autres ?

Le deuxième motard se place à cet instant au niveau de ma fenêtre. C'est une jeune femme à la chevelure noire comme le jais. Sur son bras, elle arbore un magnifique tatouage représentant un serpent. Un large sourire fend ses lèvres, révélant des dents d'une blancheur éblouissante.

— Cléo, répond Wolf.

— Cléopâtre ?!

Je crie littéralement. Je n'avais pas imaginé une seule seconde qu'une reine antique puisse faire partie de nos ennemis. Wolf continue d'une voix monocorde de lister les membres de l'équipe de Léonard.

— C. C.

Et devant mon air interrogateur, il précise :

— Christophe Colomb. C'est leur pilote, il est redoutable.

À l'avant, Verse pousse un grognement empreint de mépris.

— Rave, poursuit Wolf.

Je ne vois pas non plus de qui il s'agit.

— Ravaillac.

Je ne vois toujours pas.

— C'est l'homme qui a assassiné Henri IV. Un tireur d'élite. Sa spécialité : les armes à feu.

De toute évidence l'homme au fusil.

— Jon Font, poursuit Wolf. Jean de La Fontaine, la pire ordure que la Terre ait jamais portée.

— La Fontaine ? Mais j'ai appris ses fables quand j'étais petit. Il ne peut pas être mauvais, je ne peux pas te croire !

— Et pourtant... Peut-être aurait-il été différent si Toth l'avait fait revenir ? J'espère juste que tu n'auras jamais affaire à lui.

— Et le dernier ?

— Nous ignorons son identité. Léonard l'a fait revenir récemment et nous ne savons rien de lui.

L'image de cet adolescent à la capuche masquant son visage sur le toit de mon collège me revient à l'esprit. Et particulièrement l'impression de malaise absolu qui m'avait submergé lorsque j'avais posé les yeux sur lui.

Nous traversons la place de la Concorde en trombe. Les deux motos nous talonnent et la voiture s'est approchée. Verse fait une embardée. Le corps de Jeanne bascule sur Wolf. Ce dernier se penche pour la redresser. La vue par la vitre arrière m'offre un spectacle saisissant : le toit du véhicule qui nous poursuit vient de s'ouvrir et un homme s'en extirpe. Il porte à deux mains un objet lourd et cylindrique. Ce doit être Ravaillac, le spécialiste des armes à feu. Si tant est que l'on puisse considérer un bazooka comme une arme à feu. Wolf vient de le voir à son tour.

— Toth, marmonne-t-il. Je crois que ça va secouer.

Derrière nous, Rave a épaulé son arme.

— À toi de jouer, Verse, déclare Toth en sortant de la boîte à gant un pistolet dont le canon me semble étonnamment long.

Il appuie sur la commande d'ouverture de sa fenêtre, laissant un vent violent s'engouffrer dans l'habitacle. Verse tire avec force sur le frein à main. La voiture chasse en un impressionnant tête-à-queue, alors que Rave tire son premier missile. Penché par la fenêtre, Toth tient son arme à deux mains. Au moment où notre véhicule se retrouve face à nos poursuivants, il fait feu. Une seule fois suffit. La roquette explose quelques mètres devant notre capot. Un crépitement de flammes nous enveloppe. Puis la voiture reprend sa trajectoire normale et Verse appuie à fond sur l'accélérateur.

Nous sommes engagés dans le bas de l'avenue des Champs-Élysées. Par chance, les rues sont désertes. Mais bientôt, sur ma droite, les lumières vives d'un gyrophare viennent troubler la nuit. Trois voitures de police déboulent sur l'avenue dans un crissement de pneus interminable.

— Manquait plus qu'eux, marmonne Verse.

C'est peut-être la première fois que je l'entends prononcer une phrase entière. Probable qu'il ne porte pas les représentants de l'ordre dans son cœur.

Les voitures de police arrivent au niveau de nos poursuivants. Les deux motos se sont écartées sur le côté de l'avenue. Rave a de nouveau armé son bazooka, mais cette fois il ne le dirige pas dans notre direction. Le policier qui conduit a tout de suite repéré la menace. Il donne un coup de volant brutal. Le missile explose juste devant son capot. Le véhicule se soulève puis tourne sur lui-même en d'innombrables tonneaux. Les deux autres voitures de police viennent s'encastrer dedans dans un fracas métallique.

L'accident n'a duré que quelques secondes. Nous sommes maintenant bien engagés sur l'avenue, devant nous se dresse l'Arc de triomphe.

— Tu vas essayer de battre ton record ? demande Toth à Verse.

Ce dernier opine brièvement du chef.

— Quel record ? demandé-je à Wolf à mi-voix.

— Celui du plus long dérapage.

Nous arrivons comme une bombe sur le rond-point de l'Étoile. Verse appuie de tout son poids sur la pédale de frein. La voiture chasse sur le côté. Une odeur de gomme brûlée monte à nos narines alors que je plaque mes mains sur mes oreilles. Wolf rit comme un beau diable. Le tour du rond-point s'effectue en dérapant. Dans notre sillage, une fumée blanche se développe. Et nous voilà de retour sur l'avenue des Champs-Élysées, mais dans l'autre sens. Verse accélère et la voiture bondit vers l'avant. Malgré tout, nos poursuivants sont toujours là. Les motos nous talonnent, les deux pilotes ont sorti leur arme, une mitraillette pour Cléopâtre et un fusil à canon scié pour Charlemagne. Je me baisse alors que les premiers crépitements retentissent.

— Ne t'inquiète pas, elle est blindée, me dit Wolf.

Une détonation plus forte se fait entendre. Le fusil de Charlie.

— Il m'énerve, ce gars, marmonne Wolf.

Il me lance un sourire en me demandant :

— Pas toi ?

— Si. Il a quand même inventé l'école.

— Il paiera pour ça, déclare mon ami dans un gloussement.

Il se redresse et souffle dans l'oreille du conducteur :

— S'il te plaît, Verse.

Ce dernier appuie de toutes ses forces sur la pédale du frein alors que Wolf ouvre sa portière à toute volée. La moto de Charlie la percute violemment. Le battant est arraché de ses gonds et le corps de notre adversaire s'élève au-dessus de notre véhicule. Il roule sur la chaussée mais se relève tout de suite. Cet homme a l'air constitué d'une matière qui n'a rien à envier au métal le plus résistant. Verse appuie sur l'accélérateur et le percute de plein fouet.

— Oups, pardon, lâche-t-il d'un air malicieux.

Toth le regarde en fronçant les sourcils ; il vient quand même de renverser Charlemagne. Le corps du colosse est allongé sur la chaussée. La moto de Cléo l'évite de justesse.

— À mon tour, murmure alors Wolf.

D'un casier se trouvant dans le plancher de la voiture, il sort une mitraillette. Après avoir inséré le chargeur, il se met en position de tir par l'ouverture de sa portière arrachée. Les rafales se succèdent. Le crépitement des balles est assourdissant et une fumée grise envahit l'habitacle. Wolf hurle, son visage déformé par un rictus de rage pure. Une de ses balles finit par atteindre sa cible : le pneu avant de la moto de Cléo. La déflagration est sourde, le bolide décolle. Son pilote prend appui sur la selle et bondit vers l'avant. Son corps flotte l'espace de quelques secondes, et un cliquetis étrange parvient à mes oreilles. Au niveau de ses bottes, des roues minuscules viennent d'apparaître.

— Pffff, fait Wolf. Léonard et ses maudites inventions.

Il se tourne vers moi, l'air dépité :

— Méfie-toi des chaussures de Cléo. C'est Léonard lui-même qui les a conçues et s'il y a bien une chose que l'on peut accorder à ce prétendu génie, c'est son imagination pour créer des objets incroyables.

Cléo nous poursuit à présent en rollers. Elle n'a pas lâché son arme. Derrière elle, Rave a de nouveau armé son bazooka, prêt à tirer. Nous arrivons à grande vitesse sur la place de la Concorde.

— C'est un missile à reconnaissance thermique, lance Verse en jetant un coup d'œil dans son rétroviseur.

— OK, fait Toth. C'est le moment de faire un peu de ménage.

Il fouille de nouveau dans la boîte à gants tout en me demandant :

— Sais-tu que dans les années 1830, la France et l'Égypte entretenaient des relations très cordiales ?

Je secoue la tête en signe d'incrédulité. Une telle question est inattendue. L'objet qu'il a sorti de la boîte à gants attire alors mon attention. C'est une sphère de métal émettant un clignotement rouge régulier. Notre voiture s'engage sur la place.

— L'Égypte fit à l'époque de magnifiques cadeaux à notre pays...

Derrière nous, Rave vient de tirer. Le projectile fend les airs en un sifflement aigu. Une gerbe de feu se déploie dans son sillage.

— ... dont ce magnifique obélisque, termine Toth.

Et il lance la petite sphère sur le monument qui se dresse au beau milieu de la place de la Concorde. L'objet se colle à la base de la colonne dans un claquement sec. Le clignotement s'intensifie, diffusant une chaleur terrible. Le missile change immédiatement de trajectoire et va percuter de plein fouet la base de l'obélisque. L'explosion soulève l'arrière de la voiture, mais Verse en reprend le contrôle. La colonne de pierre s'affaisse lentement, dans un grondement retentissant. La voiture qui nous poursuit freine brutalement, juste à temps pour éviter l'obélisque qui s'écrase sur la route avec fracas. Cléo disparaît dans un nuage de poussière. Et bientôt nous roulons seuls vers la Madeleine, débarrassés de nos poursuivants. Aux alentours, les sirènes commencent à retentir.

— Je crois qu'il est grand temps de disparaître, déclare Toth.

Verse ralentit progressivement avant de s'engager dans une rue sur notre droite. À mes côtés, Jeanne est toujours inanimée. Ses yeux bougent sous ses paupières closes. Peut-être est-elle en train de rêver ? Si elle se réveillait maintenant, je saurais exactement quoi lui dire :

— Bienvenue au XXIe siècle.

Chapitre 13

Nous abandonnons notre véhicule à proximité de la place Vendôme. Verse et Wolf partent de leur côté, en soutenant le corps de Jeanne.

— Viens, me dit Toth. Ils vont se débrouiller pour rentrer. Nous, on va marcher un peu, pour brouiller les pistes de nos poursuivants.

Nous descendons sur les berges de la Seine. Les eaux du fleuve sont calmes et reflètent les lumières de la rive opposée. Les pavés sur le sol luisent d'humidité. De temps en temps, un clapotis résonne sur le bord du quai, mais l'endroit est désert, nous sommes provisoirement à l'abri.

Le trajet jusqu'au Panthéon se fait dans le silence. Déjà, l'aube blanchit le ciel de sa luminosité spectrale. Je tombe de sommeil et lorsque je regagne enfin ma chambre dans les profondeurs de la terre, je m'allonge sur mon lit pour m'endormir aussitôt.

Je me réveille en réalisant que je n'ai même pas pris le temps de me déshabiller. Ma montre m'indique que j'ai dormi treize heures. Après m'être changé en vitesse, je me rends dans la salle de repos. Mes compagnons m'y attendent.

— Bien dormi ? me demande Wolf.

Je lui réponds d'un sourire. Toth m'invite à me servir à manger au bar, où sont disposés plusieurs plats. Je ne me fais pas prier ; je meurs de faim.

— Nous devons sortir, me dit Toth sans préambule. Mais cette nuit, tu ne vas pas nous accompagner. Tu n'es pas encore prêt pour ce genre d'expédition.

Au ton de sa voix, je comprends que je n'en apprendrai pas plus. Je lui demande pourtant :

— Qu'allez-vous faire pour ma famille ?

— Ta disparition a été signalée. Ils savent que tu es vivant. Les autorités n'ont trouvé aucun corps dans les décombres de ton collège. Nous avons appris tout cela car nous sommes reliés à un terminal de la police. Et selon le rapport qui te concerne, ils pensent que tu as fugué.

— M... mais...

— Les autorités se sont aperçues que tu passais le plus clair de tes nuits sur les toits de Paris. Ce qui a quand même beaucoup surpris tes parents.

Je n'ai plus la force de protester.

— En fin de compte, tu n'es pas un garçon si facile, n'est-ce pas ? me demande Toth.

Je baisse les yeux en signe de réponse.

— Tu vas rester ici pendant au moins deux heures. C'est le temps que nous prendra notre mission. Wolf va te faire voir la bibliothèque et lorsque tu découvriras cet endroit, j'imagine que deux heures de tranquillité t'apparaîtront comme un luxe inouï.

Je finis de manger en silence, en ayant la désagréable impression que certains posent de temps en temps le regard sur moi – le garçon pas facile.

Une heure plus tard, me voilà installé dans la grande bibliothèque. Toth ne m'a pas menti, elle est impressionnante. Et dès l'instant où je pénètre dans cette pièce, je ne regrette qu'une seule chose : de ne pas aimer les livres. Mais je le garde pour moi, je ne me sens pas de partager cette désaffection, surtout avec Victor Hugo. Il en va de même pour mon désintérêt profond de la musique classique. Mais je garde espoir, peut-être que fréquenter Wolf me permettra de l'apprécier.

— Je vais fermer l'accès à clé, avait dit Toth en m'abandonnant dans la pièce. Ne le prends pas mal, mais nous avons vraiment besoin de toi. Et je ne voudrais pas qu'il t'arrive quoi que ce soit.

Des milliers de livres s'offrent à moi. Ils sont tous classés par ordre alphabétique. Ce simple constat me donne le vertige. J'en tire un au hasard, *Sur la route* de Jack Kerouac. Connais pas. Je le feuillette avec application, comme si la fréquentation de mes nouveaux amis m'avait transformé en une personne érudite et studieuse. Les mots se mélangent aux phrases, les pages se succèdent. J'en compte le nombre : 495. Hmm... c'est un gros livre. J'en tire un second... que je range aussitôt. Et très vite, je tourne en rond.

Je finis par me laisser tomber sur une chaise. Et je crie :

— Haaa ?!

Un lieu comme celui-ci ne suppose pas un tel comportement, mais étant seul, autant ne pas se priver. Ma voix s'élève dans les hauteurs de la pièce. Je remarque alors une échelle permettant l'accès aux ouvrages rangés sur les derniers rayons. Et, au niveau du plafond, une petite trappe. Vu sa taille, elle doit donner sur un conduit d'aération. Un conduit suffisamment large pour laisser passer un adolescent de treize ans – qui plus est un garçon pas facile.

*

Les toits de Paris m'ont manqué, la voûte étoilée comme seule couverture et le contact de la tôle glacée à travers les semelles de mes chaussures. J'inspire une grande goulée d'air – l'air pollué de la capitale, vicié par les milliers de voitures qui y circulent en permanence. Que c'est bon ! Le dôme du Panthéon me fait face, dans toute sa majesté. Je ne dispose pas d'énormément de temps avant que Toth et les siens aient terminé leur mission, il faut que je me hâte. Je saute sur une corniche, direction plein nord, vers l'appartement de mes parents.

Il ne me faut pas plus d'une demi-heure pour l'atteindre. Le trajet se fait au pas de course, avec un passage dans la rue pour traverser la Seine. Parvenu devant les fenêtres de notre appartement, je suis à bout de souffle. Je reprends ma respiration en m'approchant de la fenêtre de ma chambre. Elle est verrouillée. En revanche, celle de Lili est ouverte. J'y pénètre sans un bruit et me glisse jusqu'à son lit.

— Lili ?

Je la secoue avec douceur. Elle grogne dans son sommeil mais finit par se réveiller.

— Lili, c'est moi, Jasper.

— Jasper ? Mais papa et maman m'ont dit que tu étais parti chez grand-père pour un petit moment.

Je fronce les sourcils avant de comprendre que les parents ont dû lui cacher la vérité. Autant essayer de rattraper le coup :

— Oui, mais j'avais envie de te voir.

Elle s'est redressée et me sourit dans la pénombre.

— Toi aussi tu me manques.

Elle se jette dans mes bras. Je la serre en lui caressant les cheveux avant de poursuivre :

— Et puis j'avais envie de te raconter mes dernières aventures.

Son sourire s'élargit.

— Je me suis fait plein de nouveaux amis, dont un qui s'appelle Victor Hugo. C'était un très grand écrivain, mais il est revenu d'entre les morts pour sauver le monde.

— J'aime bien tes histoires, me chuchote Lili.

Je lui raconte alors la suite. Dans les moindres détails. De temps en temps, elle laisse échapper un petit rire. Mon aventure a l'air de lui plaire.

Lorsque j'ai terminé, elle se presse contre moi.

— Tu vas devoir partir ? demande-t-elle.

Je la rallonge dans son lit.

— Je reviendrai te voir, lui dis-je à mi-voix. Je te le promets, dès que ça me sera possible. Et je te raconterai de nouveau mes aventures.

Elle fait la moue alors que je passe ma main sur sa joue. Je devine ses yeux qui me scrutent dans le noir. Ses grands yeux clairs.

Lorsque Toth m'a parlé de *fêlure* la nuit passée, je n'ai pas pu m'empêcher de penser à ma petite sœur. Mes parents disent qu'elle n'est pas comme les autres enfants. Les médecins l'évoquent avec plus de brutalité, ils parlent de maladie. Mais peu m'importe.

Je n'aime pas beaucoup de choses dans la vie. J'aime mes parents bien entendu. Mais pas autant que Lili, ma petite sœur.

Je quitte sa chambre le cœur gros, après lui avoir déposé un baiser sur le front. De nouveau sur le toit, je regarde ma montre, il va me falloir courir pour regagner le Panthéon. Mais alors que je m'apprête à lever le camp, une voix me coupe dans mon élan :

— Je t'avais bien dit qu'il finirait par revenir voir son papa et sa maman.

— Ouais, répond une autre voix dans mon dos. Il n'est pas si malin que ça en fin de compte, ce gamin.

Je n'ai même pas le temps de me retourner. Je reçois un violent coup sur la tête et sombre dans l'inconscience.

Chapitre 14

Mon réveil s'accompagne d'un mal de crâne épouvantable. J'ai vu bon nombre de personnes se faire assommer dans des films ; une chose est sûre : ça n'a rien à voir avec la réalité. Tout du moins au réveil. Une puissante nausée me tort l'estomac, mon cœur me donne l'impression d'avoir enflé et de s'apprêter à remonter le long de ma gorge. Je respire la bouche grande ouverte, l'air frais peine à calmer mon malaise. Un terrible haut-le-cœur me fait vaciller, puis je retrouve mon calme, réalisant peu à peu l'endroit dans lequel je me trouve : une cellule sombre.

Mes pieds sont entravés par des chaînes évoquant les heures sombres du Moyen Âge. Un cliquetis résonne à chacun de mes mouvements. Une fenêtre dispense à la pièce son unique source lumineuse, il fait encore nuit mais la lune me permet de discerner les lourds anneaux auxquels sont fixées mes chaînes, accrochées au mur comme deux énormes orbites creuses me fixant avec obstination dans la pénombre. Le reste de la pièce est vide, hormis le lit sur lequel je suis assis.

Une agitation monte tout à coup de derrière la porte. Un filet de lumière apparaît sous le battant, suivi par des bruits de pas qui s'approchent. En me reculant sur le lit, le bruit des chaînes provoque un nouvel éclair de douleur dans mon crâne. Quelqu'un introduit une clé dans la serrure. La porte s'ouvre dans un grincement aigu, révélant une silhouette dans l'embrasure. Elle est massive, je reconnais Charlie. Il s'approche de moi pour me libérer de mes chaînes. Puis d'un geste de la tête souligné d'un grognement, il me fait signe de le suivre. Je lui emboîte le pas docilement. Ce n'est pas le genre d'hommes à qui on a envie de désobéir. De dos, la largeur de ses épaules est encore plus impressionnante. Je remarque une multitude de pansements couvrant ses bras nus. De toute évidence les conséquences de sa chute en moto sur les Champs-Élysées... Il doit être d'une humeur massacrante.

En essayant de me caler sur ses pas, je marche par inadvertance sur le talon de sa sandale. Il s'arrête pour remettre correctement la lanière. Je déglutis bruyamment sous le regard noir qu'il me lance.

Le couloir que nous avons emprunté semble sans fin. Il finit pourtant par déboucher sur une simple porte. Charlie pose la main sur la poignée puis se tourne vers moi en grommelant dans sa barbe :

— Tu baisses les yeux.

— Quoi ?

— Tu baisses les yeux, répète-t-il.

Avant de préciser :

— Quand tu es en face de lui, tu baisses les yeux.

Puis il ouvre la porte.

Nous pénétrons dans une petite salle. Deux choses me frappent : il n'y a aucune fenêtre et il y règne une chaleur tropicale. Charlie me tire sans ménagement vers le centre, face à un homme parfaitement immobile assis sur un large fauteuil. L'homme est immobile. Son visage est dissimulé dans la pénombre mais je devine sans peine de qui il s'agit.

Léonard.

Ses jambes sont croisées. Sa main gauche repose sur l'accoudoir en bois sculpté, alors qu'il caresse avec lenteur sa barbe de l'autre. Ses yeux brillent dans le noir, comme ceux d'un chat qui s'apprête à bondir sur sa proie. Son visage s'avance dans la lumière. À mes côtés, Charlie me donne un coup de coude sur l'épaule, me rappelant à la raison ; je baisse immédiatement les yeux.

— Ainsi c'est toi, fait la voix de Léonard.

C'est comme si j'étais transpercé de part en part, mais contrairement à la première fois que je l'ai entendue, sur le toit de mon collège, je n'ai pas peur.

— On ne se connaît que depuis deux jours, et tu nous as déjà donné bien du fil à retordre. Bravo.

Ses deux mains claquent lourdement l'une contre l'autre. Je peine à garder les yeux rivés au sol. Une nouvelle bourrade de Charlie m'informe que je n'ai pas le choix.

— Tu m'as l'air d'être un garçon plein de qualités, reprend Léonard.

Son léger accent attire mon attention. Ce n'est pas une coquetterie, Léonard était italien.

— C'est une chose rare en ces temps troublés, de posséder ne serait-ce qu'une qualité. Et voilà que me tombe tout droit du ciel un jeune garçon plein de qualités. Quelle chance !

Son élocution est parfaite, ses paroles ont un effet hypnotique.

— Il y a cependant une qualité chez toi qui m'intéresse plus que les autres, reprend-il. Quelque chose qui se situe enfoui au plus profond de toi.

Je lève les yeux.

Et je vois enfin son visage.

Il est stupéfiant de beauté, empreint d'une sagesse sans égal. Ses yeux me scrutent comme s'il cherchait à étudier le moindre trait mon caractère. Je n'y décèle aucune trace de malveillance, ce qui me plonge dans un embarras étrange. Sa barbe – bien plus fournie que celle de Toth – descend jusqu'à sa poitrine. Le plus frappant reste cependant la jeunesse de son visage. Charlie me donne un violent coup de coude. Je baisse de nouveau les yeux.

— Je devine ta surprise, murmure Léonard. Tu n'as jusqu'alors fréquenté qu'un grand-père sénile... une relique.

Le ton de sa voix se teinte de mépris. Il se reprend vite, comme s'il luttait pour ne pas céder à un trait dominant de sa nature.

— Les choses ne sont jamais aussi simples qu'on les imagine. Tu vis dans un monde complexe, mon garçon.

Malgré l'ambiguïté de son discours, je ne ressens toujours aucune peur. Pourtant, ma vulnérabilité est évidente, une faille béante dans laquelle mon interlocuteur peut s'engouffrer à tout moment. Léonard poursuit avec une assurance glaçante :

— Cette chose que tu possèdes au fond de toi et que je désire plus que tout au monde, ce fragment si précieux, j'ai deux façons de l'obtenir. La première serait douloureuse.

Un petit rire s'échappe de sa gorge.

— Vois-tu le grand couteau que Charlie porte à sa ceinture ?

Je tourne la tête vers l'intéressé et ne peux m'empêcher de réprimer un frisson.

— Il sait le manier comme personne. Nous possédons par ailleurs de grands chaudrons en cuivre dans nos cuisines, où tu pourrais bouillir jusqu'à ce qu'on extirpe de ton cadavre la substantifique moelle de l'objet tant convoité.

Son petit rire s'éteint.

— Mais je crois que ni toi ni moi ne voulons arriver à une telle extrémité.

Il pousse un soupir.

— Il reste la seconde solution.

Je l'entends se lever de son fauteuil et faire quelques pas dans ma direction. Seule la respiration rauque de Charlie à mes côtés trouble le silence. Léonard n'est qu'à quelques centimètres de moi et, lorsqu'il reprend la parole, je ne peux m'empêcher de sursauter.

— Tout comme les guignols de Babylone, nous sommes sept. Mais nos rangs ne cessent de s'agrandir. Je ne peux pas t'en dire plus pour l'instant, mais nous sommes en train de nous constituer une véritable armée. Et nous sommes perpétuellement à la recherche de nouveaux soldats, des personnes que nous trions sur le volet, des combattants... pleins de qualités.

Nouveau silence. La chaleur qui règne dans la pièce est plus étouffante que jamais.

— Tu peux lever les yeux.

La voix de Léonard cingle comme le sifflement d'une lanière de cuir. Mon regard se plonge dans le sien. Un puissant vertige me saisit. Je vacille sur mes jambes, le sol me paraît étrangement mou.

— Selon moi, murmure Léonard, cette seconde solution resterait la meilleure. Tu ne peux pas me contredire sur ce point.

Il sort un mouchoir blanc de sa poche pour m'éponger le front avec délicatesse. Puis il retourne s'asseoir. Je remarque alors une ombre à ses côtés, que je n'avais pas vue. Une silhouette postée juste derrière le fauteuil et qui semble me fixer avec une attention désagréable. L'espace d'un instant, il donne l'impression de vouloir s'avancer dans la lumière, mais d'un geste sec, Léonard lui intime de rester à sa place.

C'est l'adolescent à capuche que j'ai aperçu sur le toit de mon collège, j'en ai l'intime conviction. Sa présence est tout aussi vénéneuse et provoque en moi un malaise infini. La voix de Léonard me délivre soudain de mon trouble.

— Je vais te laisser un moment pour réfléchir à ta réponse. Je ne souhaite pas te bousculer… Je déteste être brutal. Mais aie bien en tête l'ultimatum que je te pose : mon armée… ou le chaudron.

Charlie m'attrape alors par le bras sans ménagement. Il est apparemment temps de prendre congé.

Mais alors que nous nous apprêtons à quitter la pièce, un événement singulier se produit. Sur le mur, à droite de la porte, un petit miroir est suspendu. À peine plus grand qu'une assiette, mais suffisamment large pour qu'un mouvement y attire mon attention.

Derrière le fauteuil, la silhouette bouge. Un rai de lumière traverse son visage, l'espace d'une fraction de seconde. Son reflet se révèle dans le miroir.

Comme je l'avais supposé, il est jeune ; peut-être autant que Wolf. Ce qui me frappe avant tout, c'est la luminosité électrique de son regard. Et sa moustache. Comme un fin duvet, propre à la pilosité des personnes de son âge. Sa moustache qui se limite à deux petites taches, une ponctuation improbable sur un visage livide. Une moustache identifiable entre mille. Celle d'Adolf Hitler.

Chapitre 15

De retour dans ma cellule, difficile de retrouver mon calme. Le visage de l'adolescent derrière le fauteuil de Léonard s'est imprimé dans ma mémoire. J'ai l'impression qu'un sang glacé coule dans mes veines. Incapable de rester en place, je fais les cent pas dans la pièce, les poings serrés et la mine renfrognée. La marmite en cuivre et le couteau de Charlie ont aussi leur place dans mes pensées. Et bien sûr, la proposition de Léonard.

Toth doit s'être aperçu de ma disparition. Les Sept se sont certainement lancés à ma recherche. Mais comment réussiront-ils à me retrouver ? J'ignore moi-même où je me trouve. En toute probabilité dans un repaire secret... Le désespoir commence à me gagner. Une heure s'écoule sans que je parvienne à envisager une solution.

Mes pensées se succèdent, plus noires les unes que les autres. Mes parents me manquent, un fort sentiment de culpabilité m'étreint. J'aurais dû demander de l'aide à la police. M'auraient-ils seulement cru ? J'en doute. L'histoire à laquelle je suis mêlé dépasse l'entendement.

Je ne peux compter pour l'instant que sur moi-même, et au moment où le cliquetis de la clé dans la serrure de ma geôle se fait de nouveau entendre, j'ai pris ma décision.

— C'est l'heure, me lance Charlie.

Ces paroles semblent adressées à un condamné. Un mince sourire se dessine sur les lèvres du colosse. Cette fois-ci, le chemin que nous empruntons est différent. Charlie me conduit jusqu'à un ascenseur et, sitôt que les portes se referment, la cabine s'ébranle et file vers le haut. Mon gardien me toise et ses épaules s'agitent de temps en temps, comme s'il riait en silence de ma situation. L'ascenseur est particulièrement silencieux et lorsqu'il atteint sa destination, le tintement accompagnant l'ouverture des portes sonne comme un glas à mes oreilles. Un vent frais s'engouffre dans la cabine, nous sommes à l'extérieur, sur une terrasse. La tour Eiffel se dresse au loin.

— La tour Montparnasse, lance une voix comme pour répondre à mes questionnements.

Léonard se trouve au bord de la terrasse, en compagnie de trois personnes. Cléopâtre, Ravaillac, et celui que je suppose être Christophe Colomb. Nulle trace d'Adolf. Léonard l'a sans doute éloigné pour ne pas influencer ma décision. Cette simple observation renforce mon malaise. Léonard est exactement comme Toth me l'a décrit : un intrigant.

— Approche-toi, mon garçon, murmure-t-il. Tu dois avoir entendu parler de mes compagnons ?

Je hoche la tête. En m'approchant du groupe, impossible de ne pas dévisager Ravaillac sans être traversé par un sentiment d'horreur. Son corps est couvert de cicatrices. D'épais fils noirs assurent la jonction entre ses différents membres. Il ressemble à s'y méprendre à la créature de Frankenstein. Je ne peux détourner mon regard de lui. Léonard s'en aperçoit :

— Lorsque nous avons récupéré Ravaillac, il était éparpillé dans toute la ville. Mais c'est normal, je ne sais pas si tu connais les circonstances de sa mort : il a été écartelé sur la place publique.

J'imagine sans peine le mal que Léonard a dû se donner pour lui rendre une apparence à peu près acceptable.

— Alors ? me lance soudain Léonard.

— Alors quoi ?

Le timbre de ma propre voix me surprend. Avec cette légère pointe nuancée de défi.

— N'essaie pas de jouer au plus malin avec moi, me fait remarquer Léonard. Tu sais très bien de quoi je veux parler.

— J'ai besoin d'avoir quelques éclaircissements avant de vous annoncer ma décision.

J'ai surtout besoin de gagner un peu de temps.

— Des éclaircissements sur quoi ? grogne Charlie. Sur la contenance de nos marmites en cuivre ?

Il part d'un gros rire que Léonard interrompt d'un geste de la main.

— Que veux-tu savoir au juste ? me lance-t-il d'un ton sec.

— Parlez-moi de votre armée.

— Ce n'est pas possible pour l'instant. Tu ne fais pas encore partie des nôtres. Je ne peux te mettre dans la confidence.

— Oui, mais si je refuse de faire partie des vôtres, vous me tuerez. Votre secret ne risquera pas d'être communiqué.

Léonard pousse un profond soupir.

— N'essaie pas d'abuser de ma patience. Lorsque je t'ai dit tout à l'heure que je détestais la brutalité, j'ai menti. C'est tout ce que tu voulais savoir ?

Cinq minutes se sont écoulées depuis mon arrivée sur le toit. Ce n'est pas encore suffisant.

— Non, j'aurais aussi voulu avoir quelques éclaircissements sur...

Je marque une hésitation, puis soudain, un détail de notre course-poursuite sur les Champs-Élysées me revient à l'esprit.

— ... sur vos machines.

Un sourire se dessine sur le visage de Léonard.

— Sur mes machines ?

— Oui, sur l'étrange véhicule qui a détruit mon collège, mais aussi sur les chaussures de Cléopâtre qui se transforment en rollers. Vous en avez encore beaucoup, des machines comme celles-là ?

— C’est donc cela qui t’intéresse, marmonne-t-il. Cela dit, ça ne m’étonne qu’à moitié, un gamin de ton âge. Eh bien figure-toi que des machines de ce style, j’en ai un paquet, plus étonnantes les unes que les autres. Et je ne suis pas près d’arrêter d’en créer. C’est chez moi une seconde nature, un véritable talent selon certains.

Je le tiens. L’évocation de ses machines prendra sans nul doute un certain temps. Mes épaules se relâchent malgré moi alors que Léonard poursuit :

— J’ai créé toutes sortes de véhicules, en assemblant ceux que j’ai découverts à votre époque. Des véhicules capables de transporter des gens à travers les océans ou les airs, ou encore sous la terre. Mais le domaine dans lequel, je dois le reconnaître, j’excelle, c’est celui des armes. C’est ma véritable passion et je dois dire que mon intelligence remarquable m’a permis d’en créer de vraiment étonnantes. Je te laisserai les découvrir par toi-même un peu plus tard.

Il lève les yeux au ciel en poussant un nouveau soupir. Mais soudain, ses sourcils se froncent :

— Tiens, c’est amusant d’ailleurs que j’évoque mon intelligence remarquable. Parce qu’à ce propos, il y a une question que je brûle de te poser.

— Oui.

— Me prends-tu pour un benêt ?

Mon cœur se serre brutalement dans ma poitrine.

— Si tu penses que je n'ai pas remarqué que tu cherchais à gagner du temps. Ton intérêt soudain pour mes machines sonne complètement faux.

Il s'approche de moi et, une fois que son visage n'est plus qu'à quelques centimètres du mien, il articule avec lenteur :

— Je suis Léonard. Si tu savais ce que mes yeux ont vu. Si tu savais ce que mes mains ont façonné. Ce qu'elles ont peint également. Si tu savais ce que mon esprit a pu imaginer, concevoir. Si tu savais quelles souffrances j'ai dû endurer pour devenir ce que je suis. Si tu savais la misère que j'ai côtoyée, les guerres auxquelles j'ai assisté.

J'ai l'impression de me consumer sous son regard. Il poursuit sur le même ton méprisant :

— Et toi, qui es-tu ? Peut-être penses-tu être dans une espèce d'histoire pour les mômes, un dessin animé où chacun peut tomber dans le panneau sans se douter un seul instant d'être le jouet d'un scénariste à l'imagination sous-développée. Où crois-tu aller avec ton plan ? Tu nous prends pour des simples d'esprit ? C'est ça ?

Il se tourne vers le reste de son équipe et leur lance :

— Compagnons, ce jeune homme nous prends pour des simples d'esprit !

Les rires montent de l'assemblée. Léonard lève à nouveau les yeux au ciel :

— Tu n'as pas vraiment compris à quelle histoire tu étais mêlé. Tu n'as pas vraiment compris à qui tu avais affaire. Nous autres, on existe dans tes livres d'histoire, et toi ? Charlie a été empereur. Je n'ai pas l'impression que tu le réalises vraiment. Il régnait sur tout ce qui l'entourait en maître absolu. Imagine un peu comment une telle situation peut façonner un caractère. Comment tu dois considérer les autres après cette expérience. Et combien cela doit t'agacer d'être pris pour un benêt.

Charlie a arrêté de rire et il a même sorti son grand couteau cranté. La lame brille dans la pénombre.

— On n'est pas n'importe qui, mon garçon, reprend Léonard. Et on déteste par-dessus tout être pris pour n'importe qui.

Il fait un pas en arrière en déclarant :

— J'ai horreur d'être aspergé de sang.

Son sourire se fige sur son visage :

— Je suppose que ton choix est fait. Et que tu vas à présent nous en faire part.

Je garde le silence. Mon choix est effectivement fait. En tendant l'oreille, je perçois un bruit dans le lointain qui me conforte dans la décision que j'ai prise. Je bondis sur le côté, je cours de toutes mes forces jusqu'au bord de la terrasse puis, après avoir inspiré une énorme goulée d'air, je m'élance dans le vide.

Chapitre 16

Dans ma cellule, je m'étais souvenu des paroles de Toth.

Sa voix résonnait dans l'enceinte de mon crâne, grave et rassurante. Et à travers ses mots, j'avais réalisé l'aventure extraordinaire que j'étais en train de vivre.

J'ai eu envie de lui poser des milliers de questions sur lui, sur ce qu'il avait été vraiment, sur ce qu'il avait vécu, s'il avait conscience d'être un écrivain dont les ouvrages avaient traversé les époques.

Mais j'étais resté silencieux.

Nous avions certes manqué de temps et, pour être honnête, je m'étais réfugié derrière une attitude détachée. Je le regrettais à présent, car parmi les questions que j'aurais aimé lui poser, il y en avait une qui me préoccupait particulièrement : que pensait-il de notre époque ? Il m'avait en partie répondu lorsque je l'avais vu sortir cet énorme pistolet et tirer sur les missiles, par son attitude étonnante, à l'opposé de ce que j'aurais pu m'imaginer de ce grand homme. Et j'avais compris d'où il tenait toute sa force : il avait su s'adapter. C'est pour cette raison qu'il était toujours là, présent dans la mémoire collective, mais aussi physiquement maintenant.

Nos échanges ont résonné dans ma tête alors que l'échéance que m'avait donnée Léonard touchait à sa fin. Et dans ce fatras de mots, une phrase s'est détachée des autres. La voix qui l'énonçait n'était pas celle de Toth, mais la mienne.

Je suis de la partie.

Tout simplement.

Certes, je n'avais pas précisé dans quel camp, mais j'avais affiché ma volonté de participer. Le regard de Toth au moment où j'ai prononcé cette phrase me revient en mémoire. Cette pointe d'amusement, cette nuance de respect mais aussi quelque chose d'autre, que je n'avais pas réussi à définir. Je connais à présent la nature de cette chose, et je peux affirmer à l'heure actuelle une évidence : c'est une chose qui manque cruellement à Léonard.

Jasper Meade, treize ans.

La tête dans le cosmos. Des défauts en pagaille, et un seul talent à sa connaissance.

Jusqu'à présent, je n'attendais pas grand-chose de la vie. Il y a pourtant une qualité à laquelle j'ai toujours porté une attention très particulière : la confiance.

Je ne m'engage que lorsque j'ai confiance. Et il m'arrive parfois de reconnaître cette confiance dans le regard des gens. Comme je l'ai fait avec Toth.

J'ai vu beaucoup de choses dans les yeux de Léonard – mais nulle trace de confiance. Et si j'avais eu plus de temps sur le toit de la tour Montparnasse, je lui aurais dit :

— Tu vois, Léonard, t'es pas un gars correct.

(Je l'aurais tutoyé bien évidemment, la question ne se pose même pas quand on s'apprête à sauter dans le vide.)

— Tu vois, Léonard, il te manque quelque chose dans le regard, une étincelle. Lorsque j'aperçois cette lueur chez quelqu'un, je sais que la personne est digne de confiance, qu'elle fera tout pour ne pas me trahir, ne pas me mentir et faire en sorte que je me sente bien. Ça me chagrine qu'il te manque cette étincelle, Léonard.

Mais ce qui me chagrine le plus, c'est que tu frayes avec Adolf Hitler. Je crains que ça ne soit rédhibitoire. Ravaillac, OK, je comprends, Colomb aussi, pourquoi pas, mais Adolf, c'est pas possible. Je regrette, mais une adhésion à ton camp n'est vraiment pas envisageable.

Tu me dis que tu n'es pas n'importe qui… je le sais. Tu dois éprouver une grande fierté à voir ces visiteurs agglutinés devant ton œuvre au musée du Louvre. C'est vrai, Léonard, respect. Tu n'es pas n'importe qui. Mais moi non plus, je ne suis pas n'importe qui. Je n'ai qu'un talent, mais je compte bien l'exploiter jusqu'au bout. Et j'en mesure à présent l'étendue : je n'ai pas le vertige. Cela signifie que je ne crains pas la hauteur et surtout que je n'ai pas peur du vide.

Cette étincelle qui te manque dans le regard, Léonard, elle porte un nom. Humanité, je crois. Son absence a laissé un vide. Et j'ai l'impression que ce vide constitue la principale caractéristique de ta personnalité. Comme une matière noire qui absorberait tout sur son passage. Comme si ce vide gangrenait ton corps tout entier. Et je mesure à présent à quel point tu es corrompu par ce vide. Les gens qui t'entourent ne comptent pas. Et si j'avais rejoint tes troupes, je n'aurais pas compté non plus.

Mais je ne suis pas n'importe qui, Léonard. Et je n'ai pas peur du vide.

*

Le vent souffle dans mes cheveux. Ma chute semble durer une éternité. J'ai les yeux fermés, les bras écartés en croix, et j'attends.

Soudain des mains me saisissent et me soulèvent. Le vrombissement de l'hélicoptère des Sept de Babylone se fait plus puissant. J'ai toujours les yeux fermés. Mais lorsqu'on me hisse à bord de l'habitacle, une douleur terrible explose dans mon épaule. Je pousse un cri, les mains qui me portent resserrent leur étreinte. La panique me gagne, je sens un liquide chaud me couler sur le torse.

Rave – tireur d'élite.

On me hisse à bord de l'hélicoptère. On m'assoit et quelqu'un boucle ma ceinture. Mes yeux peinent à fixer ce qui m'entoure tant la douleur est intense. Des formes s'agitent autour de moi. Des éléments familiers : l'odeur du cigare de Toth, celle du veston en cuir de Verse, le rire de Wolf qui tinte doucement. Ils sont là, présents, comme ils devraient tout le temps l'être et, comme je le réalise, ils l'ont toujours été.

— Je n'ai pas eu peur.

Ma voix vibre étrangement. Mon épaule me fait souffrir le martyre. Je ne suis pas loin de craquer nerveusement.

— Reprends ton souffle, me murmure Toth.

Je poursuis sans tenir compte de son conseil :

— Je n'ai pas eu peur... à aucun moment. Même quand Charlie a sorti son couteau. Au contraire, je savais que vous n'étiez pas loin. Et...

Je reprends mon souffle.

— Et j'ai eu des pensées étranges. Des raisonnements complexes, sur ce que je pouvais attendre de la vie... des pensées que je n'avais jamais eues auparavant. Comme si j'avais grandi de plusieurs années en l'espace de quelques heures.

Toth me fixe en souriant. Il lève la main et pose son doigt sur ma poitrine.

— C'est ce qui est enfoui au fond de toi, dit-il. Ce que tu as avalé l'autre soir. Je crois que c'est en train de faire effet.

Je le regarde, interdit.

J'avais oublié ce *détail*.

Je suis tout de même la huitième Merveille du monde.

Chapitre 17

J'ai fini par sombrer. Avant même que l'hélicoptère ne nous dépose au repaire des Sept de Babylone.

À mon réveil, je me trouve dans une chambre toute blanche. Un épais bandage ceint mon épaule ; la douleur s'est atténuée sans toutefois disparaître complètement. Un cri monte de ma gorge lorsque j'essaie de me redresser. La tête me tourne, je finis par renoncer et m'affaisse sur l'oreiller, vidé de toute énergie. Une perfusion pend de mon bras, je me laisse bercer par le goutte-à-goutte apaisant. Le liquide est clair, il coule dans le tube jusqu'à l'aiguille plantée juste sous l'articulation de mon coude.

J'ai envie de rentrer chez moi.

Je me racle la gorge. J'ai l'impression d'être tout sec, comme une figue restée trop longtemps au soleil.

Et j'ai soif, terriblement soif.

À droite de mon lit se trouve une petite table de chevet sur laquelle est posé un verre d'eau. Un papier est appuyé contre l'objet, avec une inscription : *Pour Jasper*. Cette attention m'arrache un sourire. L'écriture est fine et soignée, probablement l'œuvre de Wolf. Je bois une gorgée.

J'ai envie de voir Lili.

Ma tête est calée plus ou moins confortablement sur mon oreiller. Le vaste espace de la chambre est éclairé par une série de lampes suspendues au plafond, alignées de façon rectiligne. D'autres lits sont disposés de chaque côté de la pièce, un seul paraît occupé. C'est tout du moins ce que laisse supposer le rideau blanc qui le ceint. Je tousse dans mon poing, juste pour signaler ma présence, sans obtenir la moindre réponse.

J'ai envie de retourner au collège.

Après une dernière gorgée d'eau, je finis par m'assoupir.

Lorsque j'ouvre les yeux de nouveau, un petit homme se tient à mon chevet : Homère.

— Comment vas-tu aujourd'hui ? me demande-t-il.

Sa voix est claire. Ce n'est pas celle d'un vieillard. Et la lumière qui brille dans son regard révèle la jeunesse de son esprit. Je hausse les épaules pour toute réponse. Je n'ai pas le cœur à lui mentir, en vérité, je ne vais pas bien du tout.

— C'est normal, me dit-il comme s'il était capable de lire dans mes pensées. Tu as reçu un choc. Se faire tirer dessus entraîne un véritable traumatisme. Et il te faudra un petit moment avant de t'en remettre complètement.

Il m'adresse alors un sourire, un curieux sourire d'où émane une gentillesse sans égal.

— C'était comment avant ?

Cette question m'a échappé, je crains d'avoir fait preuve d'effronterie. Le sourire d'Homère s'élargit pourtant.

— Ça n'avait rien à voir, murmure-t-il au bout d'un moment. La lumière n'était pas la même. On avait l'impression que le soleil brillait autrement, qu'il révélait les couleurs de façon complètement différente. Le ciel lui-même était bien plus vaste, il contenait des mystères qui depuis ont été résolus. Il suffisait de le contempler pendant de longues heures pour se perdre dans d'étranges rêves...

Il marque une légère hésitation avant de terminer :

— Les rêves n'étaient pas les mêmes.

Il me passe la main sur le front et change de sujet.

— Tu récupères vite. C'est bien, tu es de constitution plutôt robuste.

Il se lève pour vérifier l'écoulement de la perfusion.

— Il faut dire que ma petite mixture est assez efficace.

Je commence à détailler son visage. Il est si fripé que sa peau ressemble à un vieux parchemin. Son crâne est parsemé de mèches éparses, blanches comme des filets de coton effiloché. Ses pommettes sont aussi lisses que des galets, mouchetées de taches de vieillesse.

— Tu devrais être sur pied d'ici quelques heures, me confie-t-il. Tu vas dormir un moment et lorsque tu te réveilleras, tu seras en pleine forme. Toth t'a dit que Jake et Will étaient des spécialistes en sorcellerie, mais je n'ai pas dit mon dernier mot et je ne suis pas en reste niveau potions magiques.

Un petit rire monte de sa gorge, comme un pépiement d'oiseau. Une lueur malicieuse court dans son regard, mais soudain sa mine se fait plus sérieuse :

— Tu as remarqué que tu avais de la compagnie ? me souffle-t-il en désignant le lit de l'autre côté de la pièce.

Il se relève alors en me faisant un clin d'œil.

— Jeanne, me chuchote-t-il.

Il quitte la pièce si vite que je n'ai pas le temps de lui poser la moindre question, et lorsqu'il ferme la porte derrière lui, un léger courant d'air fait frémir le rideau blanc autour du lit de Jeanne. Puis le calme revient et, avec lui, le silence.

Je plonge dans une torpeur des plus étranges. Les rêves se succèdent sans que j'arrive à les différencier de la réalité. La potion d'Homère doit contenir quelque plante médicinale aux vertus hallucinogènes. Le visage de Toth se superpose avec celui de Léonard. Leurs voix résonnent avec force et leurs propos se confondent en une cacophonie éprouvante. La transpiration coule abondamment sur mon front. La fièvre me gagne, des frissons glacés secouent mes épaules. Ma respiration ralentit. Mes paupières sont de plus en plus lourdes, je suis sur le point de sombrer. Mais à l'instant où mes dernières forces me quittent, un mouvement attire mon attention : de l'autre côté de la pièce, le rideau vient de bouger. Une main menue l'a écarté, révélant un visage qui me fixe avec intensité. D'un bref signe de la tête, je lui signale que je l'ai vue. Elle me sourit. Ce simple geste m'irradie d'une chaleur si douce que j'ai l'impression, l'espace d'un instant, que le matelas de mon lit est plus moelleux que jamais. Elle referme le rideau d'un mouvement délicat.

Puis, je sombre dans un sommeil sans rêves.

Homère a dit vrai – je devais d'ailleurs apprendre par la suite qu'Homère disait toujours vrai. À mon réveil, je suis en pleine forme. Mes yeux s'ouvrent d'un coup alors que mon corps est agité par un violent sursaut. Mon épaule n'est plus douloureuse. L'articulation ne tire presque pas. En me redressant sur mon lit, j'aperçois Jeanne assise sur le sien. Elle me fixe avec bienveillance, comme une invitation silencieuse à communiquer avec elle. Elle se lève. Sa chemise de nuit blanche est si longue qu'il est impossible de voir ses pieds ; elle donne l'impression de flotter au-dessus du sol tant sa démarche est souple et régulière. Elle vient s'asseoir sur mon lit, faisant à peine grincer le sommier.

— Salut, lui fais-je.

— Salut ? me répond-elle d'un air interloqué.

Ça doit être son premier échange avec quelqu'un de notre époque. Un doute me saisit, impossible de situer correctement le siècle où a vécu Jeanne d'Arc. À cette époque, on n'utilisait sûrement pas le mot « salut » pour se dire bonjour.

— Bonjour, fais-je alors.

Son visage s'illumine.

— Bien dormi ? ajouté-je.

Ce n'était pas forcément adroit de lui poser cette question, elle vient d'être réveillée d'entre les morts. Mais ça n'a pas l'air de l'affecter outre mesure.

— Oui, très bien et toi ? me répond-elle d'une voix claire.

L'arête de son nez se plisse à chaque fois qu'elle sourit, elle est vraiment très jolie. Ses yeux pétillent, difficile de rester en place devant elle, la résurrection lui sied à merveille.

— Oui, réponds-je en baissant les yeux.

— Tu as quel âge ?

— Treize ans.

— Tu fais plus vieux.

Je rougis violemment.

— Moi j'ai dix-neuf ans. C'est l'âge que j'avais quand je suis morte.

Une ombre passe sur son visage. Elle hésite avant de se lancer. Ses mots devaient être enfouis depuis trop longtemps dans son esprit, elle avait besoin de parler.

— Je me souviens des flammes.

Elle relève la manche de sa chemise de nuit :

— Regarde, les traces de brûlure ont presque disparu.

Puis elle reprend :

— Je me souviens également du regard des gens, masqué en partie par les filets de fumée qui montaient tout autour de moi. La plupart étaient inexpressifs. Comme s'ils avaient honte d'afficher en public leur état d'esprit. Mon arrivée sur le bûcher avait pourtant été bruyante, accompagnée par de nombreux cris dans la foule, puis tous s'étaient tus. Comme si l'imminence de ma mort avait fini par atteindre les esprits. Je n'avais pas peur. Il n'y avait plus d'espoir, alors autant s'abandonner. Je croisais des regards dans la foule. La chaleur autour de moi était de plus en plus suffocante, la fumée me brûlait les poumons. Je haletais, la bouche grande ouverte... Les personnes qui me fixaient avaient elles aussi la bouche grande ouverte, comme si elles étaient soudain frappées d'empathie. Je me suis mise à sourire, je ne voulais pas laisser ma souffrance comme dernière impression. Surtout, je partais en paix et je voulais partager cette sensation. Le public s'est mis à sourire à son tour. Puis l'oxygène a commencé à manquer. J'ai essayé de garder une attitude digne jusqu'au bout. Et c'est ainsi que j'ai eu l'impression de m'éteindre.

Je ne dis rien. Je ne vois pas trop ce que je pourrais dire, d'ailleurs. C'est ma première réelle confrontation avec la mort, si l'on excepte ma rencontre avec Chrétien de Troyes.

— Merci, me dit Jeanne.

— Merci pour quoi ?

— Merci de m'avoir écoutée.

Elle me dépose un baiser sur la joue et retourne vers son lit. Et moi je me retrouve en proie à la plus vive confusion. Et avec le regret de ne pas avoir été plus attentif pendant mes cours d'histoire.

Chapitre 18

Toth vient me chercher en personne dans la salle de convalescence. Après s'être arrêté un moment auprès de Jeanne – je les ai entendus chuchoter derrière le rideau blanc –, il vient me trouver et me dit sans ambages :

— Il faut que nous ayons une conversation.

Il m'invite à le suivre et, quelques minutes plus tard, nous sommes de nouveau installés sous la grande verrière des jardins de Babylone.

— Je savais que tu allais chercher à t'évader, commence Toth. Sinon je ne t'aurais pas enfermé à clé.

Je fronce les sourcils, un peu abasourdi.

— À tout moment, je savais où tu étais, poursuit-il. Nous avions placé une puce sur toi qui nous permettait de te filer en toute discrétion.

La fureur monte lentement au creux de mon esprit. Toth a dû le remarquer car sa voix se fait plus douce.

— C'était nécessaire, conclut-il.

— C'est la deuxième fois que tu te montres malhonnête avec moi, souviens-toi du moment où tu m'as demandé si je voulais être de la partie. Je n'aime pas trop être pris pour un idiot...

Sans tenir compte de mon indignation, il me désigne une assiette posée sur la table basse qui sépare nos deux fauteuils. Elle contient des friandises de forme cubique saupoudrées de sucre glace.

— Des loukoums, annonce-t-il. Rien de tel pour calmer les sautes d'humeur et les accès de colère.

Il pousse l'assiette dans ma direction. Mes dents ne se sont pas desserrées. Je saisis un loukoum et le presse entre mes doigts pour en éprouver la texture. C'est mou, très mou. Je le fourre dans ma bouche et me mets à le mâcher avec insistance.

— Prends-en plusieurs, me conseille Toth.

Je continue de mâcher comme si de rien n'était.

— Tôt ou tard, tu aurais été amené à faire un choix, me dit Toth.

— Un choix ? Tu veux dire un choix différent de celui d'être de la partie ou non ?

Ma voix sonne de façon étouffée, je n'ai pas fini mon loukoum.

— Un choix entre le bien et le mal, précise Toth. J'ignorais qui tu étais vraiment, d'où tu venais, même si j'avais plutôt un bon a priori te concernant. Mais je devais en être certain.

J'avale le loukoum et en prends un deuxième.

— Je savais que Léonard te retrouverait facilement. Cette confrontation était selon moi nécessaire. Tu devais le rencontrer sans que je sois là, mesurer son pouvoir de séduction et surtout, surtout faire un choix de ta propre initiative.

— Mais si j'avais décidé d'intégrer ses troupes ?

— Alors tu aurais fait partie de nos ennemis et nous t'aurions combattu jusqu'à ce que tu mordes la poussière.

Je cesse de mâcher quelques secondes, avant de reprendre d'un geste brusque une autre friandise. Toth ne m'a pas quitté du regard.

— Tu penses que c’est un peu trop demander à un garçon de treize ans ? murmure-t-il.

Je ne réponds pas. De toute évidence, la décision qu’il a prise n’a pas dû être simple. Sûrement se sent-il rongé par les remords ? Et c’est probablement la plus grande différence entre Léonard et lui. Toth a une conscience, ce qui ne semble pas être le cas de son ennemi.

— Considère cet épisode comme la première épreuve de ton initiation, me dit-il.

Un sourire désarmant de bienveillance illumine son visage. Il m’invite à prendre un autre loukoum. Ces pâtisseries orientales ont effectivement un effet euphorisant. Le sucre sature mon palais, je croque dans une amande tout en écoutant la suite du récit de Toth.

— Concernant tes parents, il va falloir faire quelque chose. Il n’est pas possible de les laisser se morfondre dans l’attente de ton retour.

Je hoche la tête en silence et demande d’une petite voix :

— Tu as une idée ?

— Il faut que tu leur écrives.

— Une lettre ?

— Oui, une lettre où tu leur expliques la situation. Où tu leur racontes tout. Ils ne vont sans doute pas te croire au début, mais c'est un risque à courir. Il faut absolument que tu gardes le contact avec eux ; le courrier classique reste le moyen le plus sûr.

— Mais ne sont-ils pas eux aussi en danger ? Léonard me connaît, il sait aussi où se trouve ma famille. Il pourrait les utiliser pour...

— Pour quoi ? me coupe Toth. Il n'y a qu'une seule chose qui l'intéresse : toi. Ce n'est pas le genre de Léonard de prendre des otages, sur ce point tu peux me croire sur parole. S'il leur fait du mal, il sait qu'il n'aura plus aucune chance de te convaincre de le rejoindre.

— Il pourra toujours me faire bouillir dans sa marmite.

Toth éclate de rire avant de déclarer :

— Il pourra toujours essayer. Tant que tu es avec nous, tu ne risques rien.

— Rien ?

Il ne répond pas. Je prends encore un loukoum et le mâche lentement tout en fixant Toth. Mon regard plonge au plus profond du sien, comme pour sonder la moindre de ses pensées. Je ne décèle aucune malice, bien entendu. Et cela me conforte dans l'impression que j'ai depuis notre rencontre : cet homme est digne de confiance.

— Tu m'aideras ?

Il fronce les sourcils.

— Pour les lettres, tu m'aideras ? précisé-je.

— Je crois que tu ne pouvais pas rêver meilleur professeur, dit-il d'un ton goguenard. Je te propose que nous nous mettions au travail le plus rapidement possible.

Je n'émets aucune objection. La perspective de donner des nouvelles à mes parents et surtout de les rassurer me procure un apaisement considérable.

— Il faudra que tu leur écrives tous les jours, explique-t-il. Et il faudra que tu respectes ce rythme.

J'approuve d'un hochement de tête.

— En ce qui concerne notre situation, déclare-t-il en sortant un cigare de la poche de son veston, il va falloir agir avec beaucoup de discrétion. La police est toujours à ta recherche – je te rappelle que tu es considéré comme un jeune fugueur.

Il allume son cigare par petites bouffées successives. Des volutes de fumée flottent autour de sa tête. Il ne reste plus que trois loukoums dans l'assiette.

— Léonard ne va pas en rester là, poursuit-il. Il se pourrait que son prochain coup soit terrible. Pour te résumer la situation, nous n'avons en notre possession que deux fragments des Merveilles du monde, les jardins de Babylone et la statue de Zeus. Il en reste cinq. L'une est facilement atteignable, la pyramide de Khéops, c'est la seule qui a réussi à être épargnée par les ravages du temps. Nous cherchons à localiser les autres, mais ça ne sera pas une mince affaire. Jake et Will y consacrent l'intégralité de leurs journées. C'est une véritable course contre la montre et je compte bien la remporter. L'équipe de Léonard n'a qu'à bien se tenir…

— À ce propos, je sais qui en est le septième membre.

Lorsque je lui révèle l'information, la mine de Toth s'assombrit.

— Il va falloir que tu suives un entraînement, se reprend-il soudain. Nous allons te protéger, bien entendu, mais il vaudrait mieux pour toi que tu saches aussi te défendre tout seul.

À ces mots, je me redresse sur mon fauteuil. Cette partie m'intéresse au plus haut point. J'ai toujours été considéré comme un garçon un peu chétif, malingre et peu doué pour les activités physiques. Je réservais mes seules compétences à l'escalade et à mes escapades nocturnes sur les toits de Paris. Et voilà qu'on me propose un entraînement particulier. Je brûle d'en connaître le programme. Mon impatience doit transparaître de manière évidente car Toth se met à me dévisager en souriant.

— Tu vas commencer aujourd'hui, me lance-t-il. Mais autant te prévenir tout de suite : tu risques de souffrir. L'entraînement en question est court, mais intense. D'autre part...

Son sourire s'élargit, comme s'il se préparait à me faire une bonne blague.

— ... c'est Verse qui te le dispensera.

Pour une bonne blague, c'en est une.

— Je pensais que ça serait Wolf...

— Il s'occupera de certains aspects. Tout ce qui est lié à l'adresse et la rapidité.

Cette précision me soulage un peu. Je ne me sens pas particulièrement à l'aise avec Verse. La rudesse de ses manières en fait quelqu'un de difficilement accessible.

— Un autre point important, annonce Toth.

Je tends l'oreille alors qu'une lueur taquine traverse son regard.

— Jeanne suivra l'entraînement en même temps que toi.

Je ne peux empêcher le sang de me monter à la tête.

— Tâche donc de te montrer à la hauteur, conclut Toth.

Chapitre 19

Il m'a fallu une heure pour écrire la première lettre à mes parents. Toth m'a installé dans un coin de la verrière, sur un petit bureau. De temps à autre, je lève le nez de ma feuille, mais les mots me viennent sans difficulté pour leur conter mes aventures et bien leur expliquer la situation dans laquelle je me trouve. Une fois que j'ai terminé, je tends la feuille de papier à Toth. Il la lit avec attention, avant de me donner son verdict :

— C'est pas mal, il y a encore deux ou trois choses que tu pourrais améliorer.

Il plisse la bouche vers le bas en dodelinant légèrement de la tête. Plongé dans une intense concentration, il se met à parler tout haut, sans réellement former de phrases complètes, comme s'il ne s'agissait que des prolongements de sa pensée. Je l'observe : pas sûr qu'il fasse un aussi bon professeur qu'il le prétend. Mais je reste coi ; c'est Victor Hugo tout de même.

Il me rend ma copie en me souriant. En considérant la feuille blanche noircie de mon écriture fine, j'ai comme l'impression d'avoir stabilisé une situation. Mon soulagement est inévitable, même si je sais au fond de moi que c'est faux : mes parents doivent toujours être morts d'inquiétude.

— Notre guerre contre Léonard ne durera pas jusqu'à la fin des temps, me déclare Toth. Et si mes estimations sont exactes, il se pourrait même qu'elle touche très vite à son terme. Cette situation n'est que transitoire, tu retrouveras bientôt les tiens.

Il me pose chaleureusement la main sur l'épaule et ce simple geste a pour effet de tempérer mon trouble.

— À présent, dit-il, il est grand temps de passer à l'étape suivante. Je crois que Verse nous attend dans la salle d'entraînement et nous sommes déjà en retard. Il risque d'être d'une humeur massacrante.

— Allons-y, dis-je en me levant avec empressement.

De nouveau, nous descendons dans les entrailles de la terre. Le repaire des Sept de Babylone est un vrai dédale et l'escalier que nous empruntons est une rampe métallique en colimaçon. En chemin, je ne peux m'empêcher de poser quelques questions à mon ami :

— Ça te plaît de vivre dans cette nouvelle époque ?

Je me racle la gorge pour m'éclaircir la voix avant de préciser le sens de ma question :

— Je veux dire… tu ne regrettes pas l'ancienne ?

— Non, me répond-il. Tu sais, ça va faire plus de cinquante ans que je vis parmi vous, ce qui m'a largement laissé le temps de m'adapter. Cette époque est tout autant la mienne que celle que j'ai connue avant.

— Mais tu ne vieillis pas ?

— Non, la pierre nous fait revenir à un âge précis, pas forcément celui de notre décès. Et nous ne vieillissons pas après, nous ne pouvons succomber qu'à une mort violente.

Il hausse les épaules, comme si cette fatalité ne le concernait pas.

— J'ai pour ma part quarante-huit ans.

C'est à mon tour de hausser les épaules. Il ne les fait pas.

— Du temps où j'étais écrivain, poursuit-il, je n'avais jamais eu l'occasion d'utiliser d'arme à feu. Par le combat que nous menons, j'y ai été contraint. Mais, avec du recul, cela ne me pose aucun problème. Et je dois même t'avouer que j'y prends un certain plaisir. Je me suis également spécialisé dans une forme d'art martial particulière : le systema. C'est une technique de combat russe basée sur l'économie des mouvements et la décontraction.

Il lâche un petit rire discret.

— Cette discipline pourrait être, selon les spécialistes en littérature, à l'exact opposé de mon style d'écriture. Probablement est-ce pour cette raison que je l'affectionne tant ? Il s'agit d'un défouloir idéal en quelque sorte. Peut-être Verse te le conseillera-t-il pour ton entraînement ? Son instruction a été admirable, c'est un excellent professeur.

Il me lance un clin d'œil.

— Nous arrivons. Ne prête pas trop attention aux remarques de Verse, il peut se révéler un peu soupe au lait, mais ce n'est pas un mauvais bougre.

Nous atteignons un palier où se trouve une unique porte.

— Enlevez vos chaussures, nous intime une voix dès que nous en avons franchi le pas.

La salle est immense et vide. Verse se tient au milieu, les bras croisés, dans une posture trahissant un agacement évident. Jeanne est à ses côtés, assise à même le sol, les pieds repliés sous ses jambes et les deux mains posées à plat sur ses cuisses. Parfaitement immobile, elle fixe un point sur le mur sans que son regard ne dévie un seul instant.

— Bonjour, fais-je d'une petite voix.

Je vais prendre place à côté de la jeune fille en essayant de m'installer dans une position identique. Un trou dans ma chaussette, pas énorme, laisse apparaître un ongle de doigt de pied.

— Que cela ne se reproduise plus, lâche Verse.

Difficile de ne pas deviner à quoi il fait allusion.

— La ponctualité fait partie intégrante de la discipline des arts martiaux. Si ton coup a ne serait-ce qu'une fraction de seconde de retard, tu peux te considérer comme vaincu. S'il a de l'avance, c'est la même chose.

Verse me toise d'un regard sombre. Je déglutis avec peine.

— La ponctualité est le ciment de toute discipline martiale, reprend-il. Elle implique la précision, et sans précision, tu ne vaux rien. Lorsque tu auras à te battre, tu comprendras exactement où je veux en venir. Mais pour l'instant, je ne te demanderai qu'une seule chose : sois ponctuel.

Je baisse les yeux en marmonnant de vagues excuses.

— Parfait, dit-il alors. Nous allons pouvoir commencer.

Après que Toth s'est éclipsé avec discrétion, nous nous retrouvons, Jeanne et moi, seuls avec notre instructeur.

La première leçon a duré un peu moins de trois heures. En sortant, je compte mes bleus sous le regard amusé de Jeanne : douze au total. Je n'ai pas encore tout à fait assimilé ce qui s'est passé durant ces trois heures. Peut-être Verse a-t-il juste voulu évaluer notre capacité à encaisser les coups ? Une pause d'une heure et demie nous a été accordée, ce qui nous laisse largement le temps de manger un morceau dans la salle de repos.

*

— Tu ne manges pas ta brioche ?

Jeanne regarde son assiette sans avoir touché à son contenu. C'est pourtant délicieux. Le pain est chaud et croustillant, fourré d'une farce à la viande délicatement épicée. Mon assiette est vide depuis un moment, je m'apprêtais à en demander une autre.

Jeanne secoue la tête en signe de négation, tout en fixant la gauche de son assiette, là où se trouve sa fourchette.

— Tu ne connais pas ce couvert ? lui demandé-je. Ça sert à piquer dans les aliments.

Je lui montre comment procéder.

— Je sais parfaitement ce que c'est, me coupe-t-elle. Il y en avait aux banquets auxquels j'ai pu assister. Simplement, les gens prétendaient que...

Elle hésite un instant.

— ... que c'était l'instrument du Diable. Et qu'il incitait au péché de gourmandise.

Je manque m'étouffer alors que Jeanne me dévisage de ses grands yeux, l'air complètement perdue. Je bredouille quelques mots, je ne me sens pas de taille à lui répondre.

— Le Diable n'existe plus, tranche une voix derrière nous.

Wolf vient de faire irruption dans la pièce et s'avance jusqu'à notre table.

— Le Diable n'existe plus, répète-t-il. Tout du moins sous la forme que tu lui connaissais.

Il souligne cette précision d'un haussement de sourcils. Ses yeux pétillent de malice. Je lève la main dans sa direction, lui intimant par ce geste de ménager Jeanne. Il passe outre en poursuivant :

— Et la gourmandise n'est plus un péché, c'est un raffinement.

Il tire une chaise et s'y assoit à califourchon, en posant ses coudes sur le dossier avec désinvolture.

— Les choses ont changé depuis ton siècle, Jeanne. Il ne fait aucun doute que tu réussiras à t'adapter, comme nous avons su le faire. Il y aura certes des moments d'incompréhension totale. Surtout quand tu découvriras les progrès réalisés pendant ces décennies. Mais ce qui risque de te surprendre le plus concerne les hommes eux-mêmes et la façon dont ils ont évolué.

Une vague d'inquiétude traverse le visage de Jeanne. Wolf éclate de rire, comme pour désamorcer la solennité de ses paroles.

— Crois-moi, murmure-t-il, tu n'as absolument rien à craindre de cette fourchette.

Il saisit le couvert et le place délicatement dans la main de la jeune fille.

— Vas-y, l'encourage-t-il.

Jeanne prend son couteau pour se couper une tranche de brioche. Un filet de fumée s'élève, la farce est encore chaude. Elle porte la portion à sa bouche et sourit lorsqu'elle en découvre la saveur.

— Parfait, conclut Wolf.

Il se lève alors brusquement et quitte la pièce sans un mot. Jeanne ne le quitte pas des yeux. Puis elle finit son assiette en silence alors que je l'observe, tout en regrettant de ne pas posséder l'assurance dont Wolf vient de faire preuve.

— Toth m'a dit qu'il s'occuperait de mon éducation, me lance-t-elle une fois son assiette vide.

Je hoche la tête.

— Il m'a dit qu'il me préparerait à la modernité. Qu'il m'en apprendrait les rudiments et comment m'y adapter. Il m'a également assuré que j'étais de nature solide et que je parviendrais sans mal à franchir cette étape.

Je tousse pour m'éclaircir la gorge avant de lui déclarer :

— Je pourrai également te filer un coup de main.

Mais ces mots sonnent étrangement creux dans ma bouche. J'ai encore du chemin à parcourir avant de prétendre à une telle responsabilité.

— Merci, tu es gentil, articule-t-elle en souriant.

Ces simples mots me plongent alors dans un abîme de joie contenue. Un trouble persiste tout de même, il me faudra du temps avant de pouvoir soutenir le regard de Jeanne sans rougir ni balbutier.

— On y retourne ? m'écrié-je soudain. Il ne faudrait pas trop faire attendre Verse.

— Je vois que tu as parfaitement assimilé sa première leçon, fait-elle.

En vérité, je me sens empli d'une énergie sans égal. Les épreuves qui nous attendent seront redoutables, autant y faire face sans attendre.

Chapitre 20

La première semaine d'entraînement est éprouvante. Mais à son terme, je remporte une victoire sans pareil : je parviens à faire sourire Verse. Involontairement, je dois le reconnaître : par une simple chute où je me suis démis l'épaule. La douleur est vive, mais la satisfaction de voir la bouche du Gaulois se fendre est immense.

— Tu t'es encore mis tout en vrac, murmure Homère en appliquant une pommade sur ma blessure.

— J'ai réussi à faire sourire Verse, lui dis-je.

Il se recule, surpris :

— Sans rire ?

Assis sur une table d'opération de l'infirmerie, je me tiens face au médecin attitré des Sept de Babylone.

— Mais tu veux dire sourire sourire ? demande-t-il. Pas un de ces rictus datant du temps où les hommes étaient vêtus de peaux de bête ?

— Tu veux dire ton époque ?

Il éclate franchement de rire.

— Je te trouve bien insolent, finit-il par déclarer. Sache, mon jeune ami, qu'à mon époque, nous portions des toges. Les peaux étaient réservées aux barbares qui peuplaient les contrées du Nord. Et nous n'avions rien à voir avec eux. Nous étions civilisés.

— Tu veux dire que Verse n'était pas...

— ... civilisé ? complète-t-il. Il l'était à sa façon, mais un peu moins que nous.

Il referme le pot contenant sa pommade et le pose sur une petite table. Son air est grave à présent.

— L'important reste ce qu'il est devenu à présent, murmure-t-il. Il a conservé un côté un peu rustre, mais lui aussi a fini par s'adapter à cette époque.

J'acquiesce, un peu honteux. Il pose alors ses deux mains sur mes épaules en déclarant :

— Quoi qu'il en soit, tu as remporté une grande victoire aujourd'hui, et je suis persuadé que ce sourire ne sera pas son dernier. Un jour, tu réaliseras une chose importante qui pourrait changer le cours de ta vie.

Il termine tout en me souriant avec bienveillance :

— L'humour est une arme de conciliation massive.

Je ne suis pas sûr de saisir l'entière signification de ses propos, même si leur sens m'apparaît comme une évidence : dans la vie, en règle générale, mieux vaut être drôle. Lorsque je me retrouve dans la salle d'entraînement quelques heures plus tard, je lance à la cantonade :

— Alors, Verse, tu as mangé combien de sangliers aujourd'hui ?

Je réalise, devant son air interloqué, que mon apprentissage, quel que soit le domaine, n'en est qu'à ses balbutiements.

*

Tous les jours, j'écris de longues lettres à mes parents, en y mettant une application particulière.

La plupart du temps, Toth ne prononce pas un mot lorsqu'il me relit. Il se contente de grommeler dans sa barbe. Puis il me tend le feuillet en souriant et m'encourage à persévérer. Parfois, il me fait une remarque sur l'orthographe. Je baisse les yeux en me promettant silencieusement d'être plus vigilant la prochaine fois. Finalement, il n'est pas si mauvais professeur que ça. Sa simple présence me motive beaucoup.

Dans mes écrits, j'évoque mon quotidien : mes séances d'entraînement avec Verse, mes discussions avec Wolf et Homère. En revanche, je ne parle pas de Jeanne. Je n'ai pas envie de tout partager avec ma famille.

Un beau jour, Toth vient me trouver au petit bureau où je me suis installé pour travailler. Sa mine réjouie me révèle tout de suite qu'il a une bonne nouvelle à m'annoncer.

— J'ai une surprise pour toi, me dit-il d'ailleurs en guise d'introduction.

Et il sort une lettre de sa poche.

— Tes parents t'ont répondu.

Je ne sais quel miracle a rendu cela possible, mais je lui demanderai plus tard. Je déchire l'enveloppe avec empressement. Je dois lire les premières phrases plusieurs fois avant de réaliser qu'il s'agit bien de l'écriture de ma mère.

— Merci, merci, merci... répété-je en parcourant les feuillets.

Toth s'éclipse à pas feutrés, alors qu'une émotion vive me saisit.

Jasper,

Nous ignorons dans quelle mesure les gens qui te retiennent captif ont de bonnes intentions, mais sache qu'au fil de tes quelques lettres, nous avons fini par nous résigner à la situation.

L'affliction qui nous touche est immense. Tu nous as été enlevé, et nous espérons que tu ne nous écris pas sous la contrainte. La police te recherche activement et nous sommes persuadés qu'elle finira par te retrouver.

Tes affabulations concernant ces personnes que tu fréquentes actuellement nous effraient énormément. Nous pensons que tu cours un grand danger et te demandons expressément de rentrer à la maison. Tu nous manques, ainsi qu'à Lili. Nous lui avons dit que tu étais parti chez grand-père et grand-mère pour éviter de la choquer davantage. Tu sais combien elle est fragile.

Reviens avant qu'il ne soit trop tard. Cherche à échapper à la surveillance de tes geôliers et à t'évader. Et oublie toutes ces fariboles qu'ils t'ont apparemment mises en tête.

Nous savons que tu vis une période difficile et compliquée. Cela s'appelle l'adolescence – tout du moins les prémices. Nous regrettons de ne pas avoir été suffisamment vigilants avec toi. Nous le regrettons de toute notre âme. Mais tout peut s'arranger. Même si nos rapports n'étaient pas toujours au beau fixe ces derniers temps, nous te promettons de tout faire pour qu'ils redémarrent sur de nouvelles bases.

Nous t'aimons, Jasper. Tu es notre fils et tu le resteras jusqu'à la fin. Nous sommes une famille et nous ne laisserons absolument personne détruire cet édifice que nous avons construit pendant toutes ces années.

Nous te supplions une dernière fois de revenir. Pour nous et pour Lili.

Nous t'embrassons.

papa et maman

Lorsque je replie le feuillet, une larme roule sur ma joue. Cette lettre m'aura permis de mesurer à quel point j'aime mes parents et ma petite sœur. Je la range dans son enveloppe et reste immobile un long moment. À l'extérieur de la verrière, les feuillages des arbres bruissent avec douceur, portés par une brise inattendue en cet endroit enfoui au cœur de la terre. Un colibri vient se placer devant une vitre et bat des ailes en faisant du sur-place. Il paraît m'observer, comme s'il voulait par sa simple présence soulager ma peine. Des bruits de pas retentissent dans mon dos, Toth est de retour.

— Cette nuit, je t'emmène quelque part, me déclare-t-il sans ambages.

*

Je saute au-dessus du vide. La distance qui sépare les deux immeubles est considérable mais je n'ai pas peur. Je m'élève dans les airs, comme ça ne m'était jamais arrivé auparavant. Le vent siffle dans mes cheveux, le froid de la nuit me brûle les yeux. J'atterris lourdement de l'autre côté, avant d'entendre le choc sourd de Toth se réceptionnant sur ma gauche. Nous courons côte à côte et l'aisance de mes mouvements me comble d'une joie sans limites. Toth m'avait pourtant prévenu :

— Il se pourrait que tu ressentes les effets de ta semaine d'entraînement lors de notre petite promenade.

Pour être honnête, je ne m'attendais pas à ça. Mes jambes me donnent l'impression d'être constituées d'un métal indestructible. Mes épaules oscillent au rythme de mes foulées et mes doigts sont tendus et joints, dans une position parfaitement aérodynamique. Je bondis au-dessus d'un groupe de cheminées avant de me laisser glisser sur la pente d'une verrière. Puis je m'élance de nouveau vers l'avant, franchissant une rue encore plus large que la précédente.

— Ne sois pas imprudent, me lance Toth une fois à mon niveau.

Je m'arrête, essoufflé.

— Je ne pensais pas, dis-je entre deux halètements, être capable de telles choses. L'entraînement de Verse est efficace au-delà de tous mes espoirs.

— Il n'y a pas que ça, me confie mon ami.

Je le regarde, surpris.

— Il y a aussi les pommades d'Homère, précise-t-il.

Il lâche un petit rire avant de poursuivre :

— Il s'y connaît en matière de sorcellerie et ses concoctions agissent sur le corps de manière profonde et radicale.

Mon visage s'illumine. Le petit malin !

Je m'élance de nouveau, galvanisé par cette révélation. Bientôt, nous parvenons à notre destination.

Lili dort lorsque je pénètre dans sa chambre par la fenêtre. Elle se redresse pourtant dès que j'ai fait quelques pas.

— Jasper ? dit-elle dans la pénombre.

Je la serre dans mes bras.

— Tu m'as manqué, murmuré-je.

L'odeur de ses cheveux me procure une douce ivresse.

— Papa et maman m'ont dit que tu allais rester longtemps chez grand-père et grand-mère.

Je ne réponds pas, je me contente de la serrer encore plus fort. Puis je commence à lui parler, à lui raconter toutes mes aventures, comme je l'ai fait les fois précédentes. Elle m'écoute dans le noir sans prononcer le moindre mot, malgré la fatigue qui fait vaciller sa tête de temps en temps. Une fois mon récit terminé, je me serre de nouveau contre elle. Son cœur bat si fort qu'il pulse contre ma poitrine. Après l'avoir bordée, j'observe la porte de sa chambre. Mes parents dorment dans la pièce d'à côté, mais je compte tenir la promesse que j'ai faite à Toth. La dernière fois que j'ai agi de mon propre chef, ça a failli très mal se terminer. Après avoir déposé un baiser sur la joue de Lili, je sors en silence. Toth m'attend dehors. Il fixe l'horizon, perdu dans sa contemplation. Lorsque je m'approche, il me sourit et pose sa main sur mon épaule.

— Merci, murmuré-je.

Son sourire s'élargit.

— Il va falloir que nous rentrions rapidement, me dit-il. Je viens d'avoir un message des frères Grimm.

Une lueur traverse fugacement son regard alors qu'il termine :

— Il semblerait qu'il y ait du neuf.

Chapitre 21

Des Sept de Babylone, Jake et Will Grimm sont les deux personnes que je connais le moins. En vérité, je ne les croise pour ainsi dire jamais. Et les rares fois où cela s'est produit, ils semblaient tellement occupés que je n'ai pas osé les interrompre pour engager la conversation. L'aurais-je fait de toute façon ? Les frères Grimm m'impressionnent au plus haut point. Avec leur allure débraillée, leurs cheveux longs encadrant leur visage émacié, leur silhouette dégingandée et filiforme, ils se comportent comme de véritables rock stars.

Lorsque nous les retrouvons avec Toth, sous la verrière des jardins de Babylone, ils paraissent cependant avoir perdu de leur flegme et témoignent d'une agitation inhabituelle.

— Il se passe quelque chose ! s'écrie Jake.

— Léonard mijote un plan ! renchérit Will.

Toth lève les mains pour les inciter à se calmer. Les deux frères s'interrompent immédiatement, comme s'ils venaient brusquement de prendre conscience de leur attitude. Jake murmure alors :

— Suivez-nous.

Une fois de plus, me voilà arpentant les dédales des jardins de Babylone. En chemin, Toth me souffle à l'oreille :

— Petit veinard, tu vas avoir l'immense privilège de découvrir l'antre des frères Grimm. Peu de gens peuvent se vanter d'avoir eu un tel honneur.

Les murs du couloir sont constitués dans cette partie du repaire d'un revêtement grossier composé d'une pierre aussi noire que le charbon. Le plafond suinte d'humidité et le clapotis des gouttes rythme notre progression. Après de longues minutes de marche, nous atteignons une porte de métal volumineuse donnant sur l'antre des frères Grimm. Une fois à l'intérieur, j'étouffe un cri de surprise. Contre toute attente, l'espace dans lequel travaillent Jake et Will est d'une propreté irréprochable. La pièce est vaste et entièrement blanche. Une musique électrique est diffusée en léger fond sonore par de minuscules haut-parleurs fixés dans chaque coin de la pièce.

— Led Zeppelin, chuchote Toth face à mon incrédulité grandissante. C'est leur groupe préféré.

Une paillasse carrelée de blanc trône au milieu de la pièce. Elle est couverte de tubes à essai et autres récipients du même acabit. Un bec bunsen est allumé sous un large récipient de verre contenant un liquide de couleur bleue en ébullition. Will s'en approche et baisse le feu. Puis il nous fait signe de le suivre jusqu'à un ordinateur, posé sur une table. Will pianote quelques touches tout en s'asseyant sur la chaise faisant face à l'écran.

— Regardez, dit-il.

Une série de diagrammes s'affiche et une multitude de diodes commencent à clignoter.

— Bon sang, siffle Toth.

Jake se tourne vers moi.

— Ça serait trop long à t'expliquer, petit, mais ce qui se passe est très grave. Le logiciel que nous utilisons sur cet ordinateur nous permet de déceler les activités liées à la puissance de la pierre. C'est un programme que nous avons conçu, mon frère et moi.

Je suis suspendu à ses lèvres. C'est la première fois qu'il s'adresse directement à moi, et cela me donne l'impression d'avoir pénétré un cercle de confiance uniquement réservé aux initiés. Je hoche la tête gravement à chaque fin de phrase.

— Les diagrammes bleus déterminent l'activité concernant le fragment qui se trouve dans ce repaire. Les rouges, ceux de l'extérieur...

— Léonard, interviens-je.

— Exactement, petit. À chaque fois que Léonard utilise le pouvoir de la pierre, nous le savons. Mais regarde plus attentivement...

Difficile de ne pas voir ce à quoi il fait allusion.

— Des diagrammes violets, murmuré-je dans un souffle.

Ils sont moins nombreux que les autres mais zèbrent de temps à autre la surface de l'écran.

— Cela ne peut signifier qu'une chose, commence Jake.

— Une activité inconnue de la pierre s'est développée, complète Will.

— Elle ne peut pas être liée à notre équipe, affirme Jake.

— Certes, il doit y avoir quelques réminiscences dues à notre utilisation lorsque nous avons fait revenir Jeanne, poursuit Will.

— Mais ce n'est pas suffisant pour créer ce genre d'interférences, termine Jake.

Les deux frères parlent à tour de rôle dans un ballet verbal des plus étourdissants, comme s'ils formaient une seule et unique entité constituée de deux corps, partageant l'intégralité de leurs pensées et la diffusant à tour de rôle.

— Il ne peut y avoir qu'une seule explication, murmure Will.

— Léonard a trouvé une autre façon d'utiliser le pouvoir de la pierre, souffle Jake.

— Un de ses plans diaboliques...

— On peut lui faire confiance sur ce point...

— Il n'est jamais en reste d'idées...

— Quoi qu'il en soit, il nous faut le découvrir au plus vite.

Toth paraît plongé dans une intense concentration. Il se met à faire les cent pas. Jake et Will sont suspendus au moindre de ses gestes ; de toute évidence, il n'appartient plus qu'à lui de prendre une décision. Dans le récipient en verre, le liquide bleu se met à bouillir plus fort. Toth interrompt tout à coup sa déambulation.

— C'est peut-être un piège, murmure-t-il.

Puis il se remet à marcher.

— C'est probablement un piège, grommelle-t-il. Ce ne serait pas la première fois que notre ennemi aurait recours à ce genre de stratagème.

Soudain, il se tourne vers nous et déclare :

— Voici ce que nous allons faire : nous allons essayer de réunir le maximum de renseignements concernant cette mystérieuse activité. Donnons-nous trois jours, ce sera suffisant pour parvenir à nos fins. Et lorsque nous aurons localisé la source de cette activité, nous pourrons agir.

Il me fixe alors de ses yeux sombres :

— Quant à toi, mon jeune ami, durant ces trois jours, tu vas parfaire ton entraînement. Il se pourrait qu'au terme de nos recherches, nous ayons besoin de toi pour une mission bien particulière.

Il me donne une bourrade sur l'épaule en concluant :

— Il est temps pour toi de commencer tes leçons d'agilité avec Wolf.

Chapitre 22

Trois jours se sont écoulés, et me voici une nouvelle fois sur les toits de Paris, face à la tour Montparnasse. Vêtu d'une combinaison noire et équipé d'un sac à dos léger, je m'apprête à commettre une folie. Mon sac est suffisamment volumineux pour contenir tout le matériel nécessaire à l'accomplissement de ma mission. J'en extirpe mon premier outil : une paire de ventouses. Wolf m'a expliqué comment les utiliser :

— Tu les fixes à tes mains, ainsi tu pourras escalader n'importe quelle façade, aussi lisse soit-elle.

En considérant le haut de la tour, je maugrée :

— N'importe quelle façade... pfffff...

Quelques heures plus tôt, Toth m'avait expliqué en détail la nature de ma mission :

— Léonard doit mijoter quelque chose. Nous savons de source sûre que l'activité du pouvoir de la pierre provient de son repaire. De toute évidence, il a conçu une nouvelle machine, mais nous en ignorons totalement le fonctionnement. C'est ce que tu dois découvrir en infiltrant sa base.

— Mais pourquoi n'envoies-tu pas Wolf ? avais-je protesté. Il est bien plus agile que moi. C'est tout de même lui qui m'a enseigné tout ce que j'ai appris en trois jours !

Toth avait soupiré avant de m'expliquer :

— Tout ce qui est lié au pouvoir de la pierre laisse des traces. Léonard doit posséder un logiciel semblable à celui utilisé par les frères Grimm. Wolf ne pourrait pas faire trois pas sans être immédiatement repéré par l'ennemi.

— Mais avec le fragment que j'ai avalé, tu es sûr que je ne risque rien ?

Toth avait dodeliné de la tête en plissant la bouche.

— S'il existait une machine capable de localiser les fragments des Sept Merveilles du monde, il y aurait bien longtemps que notre combat serait terminé.

— Très bien, avais-je murmuré. J'irai.

Inutile d'argumenter d'avantage, car malgré l'angoisse qui me serrait le ventre, j'éprouvais une immense fierté à ce qu'on me confie une mission de cette importance. Et l'appréhension avait fini par s'atténuer.

Jusqu'à ce que je me retrouve face à la tour.

Je fixe les ventouses à mes mains en serrant les lanières de cuir sur mes poignets. Leur structure est simple, il s'agit de simples mitaines dont la paume présente une surface adhérente.

— Il n'y a pas que Léonard qui sait fabriquer des machines, m'avait dit Wolf en m'en expliquant le fonctionnement.

— Et pour mes pieds ? avais-je demandé.

— Pour tes pieds, rien de plus simple. Les chaussures dont nous t'avons équipé possèdent également des ventouses. Pour les activer, il te suffit juste de faire claquer le talon de cette façon.

Le geste était simple et après l'avoir testé trois fois, j'estimais que je le maîtrisais.

— Inutile de te faire du mouron, avait déclaré Wolf. Avec tout ce que je t'ai enseigné durant ces trois jours, tu vas très bien t'en sortir. Je ne me fais aucun souci pour toi.

Verse se tenait à ses côtés. Il me gratifia d'une vigoureuse bourrade dans le dos en me souriant – son deuxième sourire – avant de me dire :

— Ouais, tu vas t'en sortir. Même si tu as encore beaucoup de choses à apprendre en matière de combat...

Il avait marqué une légère hésitation.

— Évite l'affrontement direct tout de même, avait-il terminé, tu n'auras pas affaire à des enfants de chœur.

Puis il s'était éloigné en haussant les épaules.

Je vérifie la fixation des ventouses sur mes poignets, histoire de m'assurer une dernière fois qu'elles tiennent. Je détends les muscles de mes bras, quelques flexions sont nécessaires pour chasser toute trace de nervosité de mon corps. La souplesse est une bonne chose, c'est ce que m'a enseigné Wolf ces derniers jours. Elle gagne en premier lieu la masse musculaire pour se développer dans les articulations, avant d'atteindre l'esprit.

— La souplesse de l'esprit, m'a expliqué Wolf, voilà la clé de toutes les réussites.

Il avait pointé un doigt sur sa tempe avant d'ajouter :

— C'est lorsque tu la maîtrises que tu te sens vraiment super cool.

J'avais sursauté involontairement. Ces mots sonnaient d'une façon étrange dans la bouche de Wolfgang Amadeus Mozart. D'autant qu'il les avait prononcés en appuyant la dernière syllabe et en prenant un accent américain.

« *Supa cooool...* »

Ces paroles tournent en boucle dans ma tête, face à la tour Montparnasse, comme un mantra capable de me donner suffisamment d'énergie pour ce que je m'apprête à faire. Une dizaine de mètres séparent l'immeuble sur lequel je me trouve de la façade de la tour. Une broutille... Selon Wolf bien entendu : une fois que tu possèdes la souplesse, tout devient tellement dérisoire.

« *Supa cooool...* »

Je me redresse d'un coup et m'élance. Ma foulée est ample, je parcours quelques mètres avant de sauter dans le vide. Je me réceptionne sur la tour, les mains à plat. Deux petits « plocs » ponctuent mon atterrissage. Un bref mouvement des talons et voilà mes deux chaussures prêtes à l'emploi. Telle une araignée noire, je commence mon ascension.

« *Supa cooool...* »

—

Les leçons de Wolf ont été très intenses. Le véritable responsable de ma transformation physique reste pourtant Homère. Avant même que ne commence mon premier cours de souplesse, il m'avait convoqué à l'infirmerie.

— J'ai quelque chose pour toi, m'avait-il dit.

— Encore une de tes pommades ?

— Pas cette fois.

Après m'avoir demandé de retirer mon t-shirt, il m'avait expliqué :

— La médecine chinoise. Quel dommage que de mon temps je n'aie pas eu vent de telles pratiques... Ma vie s'en serait trouvée bouleversée.

Il avait posé ses deux mains à plat sur mon dos. Ses pouces s'étaient enfoncés entre mes côtes. L'extrémité de ses doigts était brûlante, malgré cela je ne ressentais aucune douleur. Il s'était activé un long moment dans le silence avant de déclarer :

— Le corps humain est comme un coffre. Il possède des clés qui permettent de déverrouiller des mécanismes dont la majorité des gens ne soupçonne même pas l'existence. Il suffit juste de les connaître et de savoir comment les révéler.

Il s'était interrompu quelques secondes pour me chuchoter :

— Attention, ça risque d'être un peu douloureux.

Ses pouces s'étaient enfoncés le long de ma colonne vertébrale. Je m'étais cambré incapable de réprimer un cri. Mon corps entier me donnait l'impression de se désintégrer de l'intérieur. Homère m'avait soutenu de ses bras.

— Voilà, voilà, c'est fini, avait-il murmuré.

Puis il s'était placé face à moi et m'avait déclaré :

— Tu vas pouvoir réaliser de grandes choses à présent.

Par la suite, j'avais pu effectuer les figures que m'avait enseignées Wolf avec une facilité déconcertante et la perspective de ma mission sur la tour Montparnasse m'était apparue bien moins angoissante, comme une formalité dont je devais m'affranchir. Je ne mesurais pas à quel point je me trompais.

*

Quelques mètres sur la façade sont suffisants pour éprouver l'efficacité des ventouses. La sensation d'adhérence est plutôt agréable. À une dizaine de mètres du sol, je ne ressens aucune crainte. Autant accélérer car mon ascension risque d'être longue, inutile de courir le risque de me faire repérer. Une rumeur évoque des hélicoptères de surveillance sillonnant le ciel de Paris pendant la nuit ; je n'ai aucune envie de la vérifier ce soir.

Au fur et à mesure de mon ascension, la décontraction de mes muscles s'avère surprenante. Mes mouvements se font de plus en plus rapides. Mon regard reste rivé sur le sommet de la tour. De temps en temps, une bourrasque me fait dévier de ma route, sans pour autant m'empêcher de garder le cap. À mi-hauteur, je m'arrête pour souffler quelques secondes et regarde vers le bas.

— Tu dois avoir du sang indien, m'avait un jour dit mon père avant de m'expliquer que ce peuple était connu pour ne pas souffrir de vertige.

Sous mes pieds, les voitures sillonnent les rues désertées par les piétons. Leurs phares sont comme une multitude de petits yeux lumineux révélant leur trajectoire entre les rangées de réverbères. La ville m'appartient et je suis un Indien.

Sur le sentier de la guerre.

Je bondis vers le haut. Les deux mains jointes devant moi, je me hisse à la seule force de mes bras. Mon mouvement tient plutôt de la reptation, mes muscles sont bandés au maximum, me permettant d'accélérer encore plus. Devant moi, une lumière se découpe : un étage est encore éclairé. À cette heure de la nuit, il doit s'agir de personnes préposées à l'entretien. En atteignant la bordure inférieure de la fenêtre, je regarde à l'intérieur. Un groupe d'hommes s'activent sur le sol. Ils portent tous des combinaisons bleues et déploient des rouleaux de moquette. Tout à leur tâche, ils me tournent le dos. En faisant vite, ma présence passera inaperçue. Je retiens ma respiration et m'élance. En deux mouvements, me voici de nouveau à l'abri. Il m'a pourtant semblé qu'un des hommes relevait la tête au moment de mon passage. Immobile, j'attends. Un remue-ménage parvient à mes oreilles, deux ombres se profilent sous mes pieds.

— Je te jure, dit une voix étouffée, j'ai vu un truc passer.

Je me plaque contre la façade.

— T'as dû rêver, fait une autre voix. C'est la fatigue, mon gars, t'es trop vieux pour bosser de nuit.

— Nan, c'était un gros truc, j'ai pas la berlue tout de même.

— Un oiseau peut-être ?

Les deux hommes discutent un petit moment, jusqu'à ce qu'une voix les interrompe :

— Bon, vous revenez bosser là ou quoi ? Elle ne va pas se poser toute seule cette moquette.

Les deux hommes s'éloignent de la fenêtre, je suis tiré d'affaire. Je reprends lentement ma progression. Le sommet se rapproche, aucune source lumineuse ne me barre plus la route. Et bientôt je franchis le parapet qui délimite la bordure de la terrasse. Le vent fouette mon visage, la fraîcheur de la nuit galvanise mes sens. J'ôte mes ventouses et les range dans mon sac. Puis je sors de ma poche un outil que m'a confié Wolf lors de nos trois jours d'entraînement.

— Avec ce poinçon, m'avait-il dit, tu ne rencontreras aucune résistance.

Le manche est en bois et la lame est si fine qu'on en distingue à peine le tranchant. Mon ami m'en avait ensuite expliqué l'usage : crocheter les serrures récalcitrantes. Son sourire s'était élargi lorsqu'il m'avait avoué :

— OK, nous pénétrons un domaine à la limite de la légalité. Mais parfois, forcer une serrure peut s'avérer un mal nécessaire.

Nous nous étions exercés sur la serrure de la porte de notre salle d'entraînement.

— Tout est dans le son, avait-il dit. Lorsque tu parviens à tes fins, tu dois entendre un cliquetis familier, le même que tu entends quand tu tournes une clé dans une serrure. Et pour obtenir ce son, tu dois suivre la succession de bruits qui s'enchaînent à partir du moment où tu places ton poinçon en position.

Il m'en avait fait la démonstration. La porte s'était ouverte avec une facilité déconcertante. Puis il m'avait invité à essayer à mon tour.

— Je n'entends rien, avais-je protesté au bout d'un long moment.

Ma première tentative s'était avérée un échec complet.

— Essaye encore, avait insisté Wolf avec bienveillance.

Malgré tous mes efforts, impossible d'y parvenir. Wolf s'était mordu la lèvre inférieure.

— Attends, on va essayer autre chose.

Quelques minutes plus tard, Homère avai fait irruption dans la pièce, avec à la main une boîte contenant des pilules vertes.

— Avec ça, tu devrais y arriver.

Sur la terrasse de la tour Montparnasse, la porte blindée qui me conduira jusqu'au repaire de Léonard me fait face. Je sors de ma poche une pilule verte d'Homère et, après l'avoir fait tourner entre mes doigts, je la gobe.

Chapitre 23

L'effet est immédiat. Un bourdonnement s'élève dans ma tête, suivi par une sensation de fraîcheur totale.

— Qu'est-ce qu'il y a dans tes pilules ? avais-je demandé à Homère la première fois que j'en avais avalé une.

— Essentiellement de la camomille, avait-il répondu.

La sensation de froid persiste alors que le bourdonnement s'atténue progressivement. Et soudain, j'entends.

Tout.

Mon ouïe s'est développée au point de me permettre de percevoir les sons avec une précision stupéfiante. Les bruits de la rue montent jusqu'à moi. Jusqu'au moindre bruissement de feuilles, jusqu'au moindre grésillement électrique, jusqu'au moindre souffle de n'importe quel être vivant.

— Il n'y a que de la camomille ? avais-je demandé.

— Du thym aussi, avait rétorqué Homère.

Il avait fait la moue avant d'ajouter à mi-voix :

— Et deux trois bricoles sans importance.

Un froissement attire mon attention derrière moi : un pigeon me fixe de ses yeux vides. Sa tête fait des mouvements de va-et-vient d'avant en arrière. Je n'ai jamais pu supporter ces bestioles. Il commence à roucouler, des fluctuations montent de sa gorge, les chairs vibrant à l'unisson sous le passage de l'air. La plus infime de ses cellules semble palpiter au creux de mon oreille. Ses intestins gargouillent et une fiente coule le long de son colon. J'entends *l'intérieur* du pigeon ! Une puissante nausée monte dans ma gorge et je me détourne. Je dois me concentrer sur la serrure et ne pas me laisser distraire. D'un geste sûr, j'introduis le poinçon dans l'ouverture. Aussitôt, une série de cliquetis s'enchaîne. Une irrésistible envie de rire me prend alors.

— Les effets secondaires, m'avait expliqué Homère. Aucune de mes pilules magiques n'est parfaite et celle-là va avoir tendance à te plonger dans une douce euphorie.

— Mais tu as beaucoup d'autres pilules ? avais-je demandé.

— Hé hé, avait-il juste fait. Tu apprendras à les connaître au moment opportun, mon jeune ami.

Je pouffe en m'activant sur la serrure. Les cliquetis se précisent, ils se succèdent à un rythme régulier. Mes yeux sont clos.

— Les aveugles sont les personnes les plus douées pour crocheter les serrures, m'avait expliqué Wolf. Ils arrivent à concentrer toute leur énergie sur l'ouïe.

Dans mon esprit, le mécanisme de la serrure apparaît, dans toute sa précision. Le poinçon tourne délicatement. Les résistances cèdent une à une et bientôt la porte s'ouvre.

Jusque-là, tout va bien. Un groupe d'ouvriers poseurs de moquette et un pigeon curieux sont les seuls obstacles qui ont perturbé ma progression.

Mais les choses risquent de se corser à présent, je suis en territoire ennemi.

Me voici face à une porte d'ascenseur, celui qu'a utilisé Charlie quelques jours auparavant pour me conduire sur le toit de la tour. Une des recommandations de Toth était de ne pas l'emprunter.

— Inutile de prendre le risque, il doit être sous surveillance, avait-il dit.

À droite de l'ascenseur se trouve un escalier.

— Tu descendras à pied, avait-il ajouté. Tu es jeune et plein de vigueur, cinquante-six étages ne doivent pas t'effrayer.

J'entame ma descente et, tout en marchant, je siffote entre mes dents. L'euphorie ne m'a pas quitté. La tentation de chanter à tue-tête est forte, mais j'ai toujours à l'esprit les conseils de Toth concernant ma discrétion. Le martèlement de mes pas ponctue ma descente. Mon ouïe est toujours surdéveloppée et le son de mes semelles claque dans l'enceinte de mon crâne. À un moment, j'entends même une voix :

— Je t'assure que tu as dû rêver, il n'y avait rien dehors, à part peut-être un gros oiseau.

Je dois être arrivé à l'étage des ouvriers poseurs de moquette. Je poursuis ma descente. Mon sifflotement se fait plus enjoué, souligné par quelques pas de danse à chaque palier, bien que je me considère comme un piètre danseur. Pourquoi ne pas demander à un des Sept de Babylone de m'enseigner cette discipline ? Wolf est sans nul doute un excellent danseur, il montre une telle aisance et une telle grâce dans le moindre de ses mouvements. Et je pourrais m'entraîner avec Jeanne. Son visage fait soudain irruption dans mon esprit et je m'abandonne à cette délicieuse vision. Ses traits fins se dessinent dans ma mémoire, sa silhouette gracile se découpe dans un décor familier, celui de la salle d'entraînement.

— Jeanne.

Je n'ai pu m'empêcher de prononcer son nom à voix haute. Notre dernier échange me revient en mémoire : au moment de quitter le repaire des Sept, elle est venue me souhaiter bonne chance pour ma mission. Elle n'a pas prononcé un mot, elle s'est juste contentée de me regarder en souriant. C'était largement suffisant pour que mon cœur se mette à battre à tout rompre. Je me suis rapidement éclipsé, de crainte d'être pris d'une rougeur incontrôlable.

— Je ne te décevrai pas. Je serai à la hauteur.

Je continue de parler tout seul dans les escaliers de la tour Montparnasse. Le rez-de-chaussée ne doit plus être très loin. Je descends les marches quatre à quatre, jusqu'au dernier palier. J'éclate de rire avant de m'interrompre subitement ; « discrétion », répète Toth dans ma tête.

Une seule porte se dresse devant moi. Selon Toth, l'emprunter reviendrait à me jeter dans la gueule du loup. Une bouche d'aération se présente en hauteur, suffisamment large m'y faufiler. Peut-être Toth m'a-t-il également confié cette mission en raison de ma petite taille ? Mais je chasse aussitôt cette pensée et sors une nouvelle fois mon poinçon de ma poche. Dévisser la grille de protection de la bouche d'aération s'avère un jeu d'enfant.

Mes suppositions se confirment : le conduit est étroit. Ma progression s'y fait pourtant sans aucune difficulté. Équipé d'une lampe frontale, j'applique à la lettre l'enseignement de Wolf. Ma souplesse est telle que pas une seule fois mes genoux ne viennent cogner contre la paroi métallique du conduit. Ma reptation s'accélère lorsque j'emprunte un boyau qui descend dans les entrailles de la terre. Selon

Toth, le temps imparti pour cette mission est court : je dois avoir recueilli les informations avant le lever du jour. Je me laisse glisser le long d'un conduit. Je vais vite, je ne devrais pas tarder à atteindre mon but. Une voix, ou plus précisément un grognement, parvient tout à coup à mes oreilles. Je l'identifie immédiatement : Charlie. Je m'arrête, le souvenir de ma première visite dans cet endroit est confus, impossible de savoir où je me trouve exactement. Le grognement du colosse se précise. Il doit être seul et maugréer dans sa barbe, comme à son habitude. Il me donne l'impression de se rapprocher... mais rien n'est moins sûr. Les effets de la pilule verte se sont sans doute atténués. Je tends l'oreille, le grognement s'amplifie. Cette fois j'en suis sûr, Charlie est juste en dessous de moi. Je perçois même le claquement de ses sandales en cuir sur le sol. Il s'éloigne sur ma droite ; je le suis, dissimulé dans mon conduit métallique. Ses grommellements me parvienent distinctement :

— Ras-le-bol, c'est toujours moi qui me tape le sale boulot. Sous prétexte que je suis un peu plus costaud que la moyenne. Dès qu'il s'agit de force, c'est moi qui m'y colle. Comme un vulgaire larbin, un simple esclave. Léo semble avoir oublié qu'il fut un temps où j'étais empereur, tout de même.

Les grincements qui soulignent le bruit de ses pas m'indiquent qu'il doit tirer un chariot. Il s'arrête de marcher, le cliquetis d'un trousseau de clés résonne dans le couloir. Il franchit une première porte. Puis une seconde. Je le suis en essayant de faire le moins de bruit possible, jusqu'à ce que nous parvenions à notre destination. Une dernière porte s'ouvre alors qu'une voix retentit :

— Te voilà enfin.

Je n'ai également aucun mal à l'identifier. C'est celle de Léonard.

— Je ne sais pas si tu réalises, gronde-t-il, mais le temps presse. Ce que je cherche à accomplir dépasse l'entendement, et j'ai besoin que chacun y mette un peu du sien afin d'y parvenir.

Sa voix paraît moins forte. Les effets de la pilule verte doivent s'être considérablement affaiblis.

— Une heure tout au plus, m'avait averti Homère. Mais tout dépend de ton activité physique, ça peut-être bien moins.

Une demi-heure de reptation dans ce conduit a suffi à atténuer les effets de la pilule. Je dois prêter plus d'attention pour percevoir ce qui se passe en dessous. Des bruits métalliques s'enchaînent. Charlie doit être en train de décharger le contenu de son chariot, aidé par une autre personne, semble-t-il. Combien sont-ils dans cette pièce ? Je me recroqueville instinctivement sur moi-même.

— C'est tout petit, grommelle Charlie.

— L'important, ce n'est pas la taille, dit une voix féminine.

Cléopâtre. L'équipe est peut-être au complet. Ce n'est vraiment pas le moment de me faire repérer.

— Ça suffit avec vos réflexions, lance Léonard avec brusquerie. Venez me donner un coup de main plutôt que de dégoiser sur l'allure de ma nouvelle machine.

Ma respiration se bloque. Il s'agit donc bien de cela : une nouvelle machine.

— L'important, ce n'est effectivement ni sa taille ni son allure, poursuit Léonard. L'important, c'est qu'elle fonctionne. Et je vous garantis que si c'est le cas, le reste du monde a du souci à se faire. Beaucoup de souci.

Je l'entends ahaner bruyamment, s'activant de toute évidence sur quelque mécanisme complexe.

— Charlie, viens m'aider, s'il te plaît.

Les sons deviennent de plus en plus confus. Plus personne ne parle, la concentration semble être à son comble. Et soudain, c'est le silence complet. Je plaque mon oreille contre la paroi métallique du conduit. Un faible bip monte jusqu'à moi, suivi immédiatement par un murmure de satisfaction : Léonard doit avoir allumé sa machine. Les tintements électroniques se multiplient, comme s'il s'agissait d'une sorte d'ordinateur. Ma déception est grande, j'imaginais les machines de Léonard bien plus délirantes. Soudain, la fréquence du bip s'intensifie, me faisant sursauter violemment.

— Ça marche ? demande Charlie.

— Apparemment oui, répond Léonard, mais l'activité du signal est étrange. Normalement, la localisation ne devrait pas être si proche... Les Merveilles...

Il marque une hésitation :

— À moins que...

Mon sang se glace brusquement dans mes veines. Les mots « localisation » et « Merveilles » clignotent dans mon esprit, telle une alarme venant de se déclencher. Une impression désagréable me saisit : Léonard doit avoir tourné la tête dans ma direction et fixer le conduit d'aération dans lequel je suis dissimulé. Je suis incapable du moindre mouvement, comme tétanisé. Je viens de comprendre la fonction de la nouvelle machine de Léonard. L'effet des pilules vertes s'est entièrement dissipé, car toute envie de rire m'a à présent quitté.

Chapitre 24

— Il est dans les conduits d'aération ! hurle Charlie.

Je rebrousse chemin et file aussi rapidement que les muscles de mes bras me le permettent. Une forte agitation monte sous mes pieds. Un coup est porté sur ma droite, m'arrachant un cri de surprise.

— Ne le laissez pas s'échapper ! vocifère Léonard.

Un nouveau coup me fait sursauter, suivi d'un vacarme terrible : de la taule qui se déchire. Une forte lumière m'aveugle, une ouverture se découpe dans le conduit. Deux bras éventrent le métal et une tête grimaçante apparaît : Christophe Colomb, plus connu sous le nom de C. C. Je file sans demander mon reste. C. C. est bien plus massif que moi, il ne sera pas à son aise dans le tuyau, mais je ne suis pas certain de pouvoir profiter de cet avantage. L'homme qui a découvert l'Amérique a l'air d'une sombre brute rompue à toutes sortes de disciplines, dont celle de poursuivre un gamin de treize ans pour le capturer. Les recommandations de Verse résonnent encore fraîchement dans mon esprit :

— Surtout, évite l'affrontement physique direct, tu es encore loin d'être prêt.

Les coups pleuvent sur les parois, libérant des ondes de panique dans mon esprit. Le conduit ploie lorsque C. C. s'y hisse. Je redouble de vitesse et amorce ma descente le long d'une pente. Si mes souvenirs sont bons, la cage d'escalier n'est plus très loin. Un nouveau craquement retentit sur ma trajectoire. Une autre ouverture se forme, deux mains plus fines fouillent l'espace à travers le trou, celles de Cléopâtre. Je me faufile en me plaquant contre le côté. Ses doigts agrippent le bas de mon pantalon.

— Il est là ! crie la jeune femme.

Un coup de pied sec la fait lâcher prise. Elle étouffe un juron.

— Sale petit... Tu vas voir quand je t'aurai attrapé.

Je rampe à toute vitesse. C. C. fait un vacarme du tonnerre, le conduit d'aération pourrait se désagréger à tout moment. Une sensation d'étouffement me gagne, je dois sortir de là au plus vite. Bientôt l'issue se profile à l'horizon. Le métal tremble tout autour de moi, C. C. est en train de gagner du terrain. J'atteins enfin la grille. À cet instant, un souffle effleure mon pied et C. C. me saisit par la cheville. Pris de panique, je donne des coups pour essayer de me libérer alors qu'il me tire vers lui. Son visage est barré par un rictus démoniaque. Je déloge la grille d'un coup de poing et m'accroche aux rebords du conduit. Même en me débattant, l'étreinte de la main de C. C. sur ma cheville est toujours aussi forte. Un craquement sourd ébranle soudain le conduit. Il s'affaisse de quelques centimètres... Tout est en train de s'écrouler. Je tire sur mes bras de toutes mes forces, réussissant à sortir la tête de la bouche d'aération. Si elle se rompt, je serai décapité. Dans un sursaut désespéré, j'atteins d'un violent coup de pied le nez de mon adversaire, lui arrachant un terrible cri de douleur. Dégagé de son étreinte, je me laisse glisser par l'ouverture du conduit au moment même où il s'affaisse complètement. De l'autre côté du mur, C. C. pousse un hurlement de rage. Sans tarder, je file dans les escaliers.

La perspective de gravir tous les étages de la tour Montparnasse me paraît au-delà de mes forces. Il doit bien y avoir un moyen d'atteindre le rez-de-chaussée, où se trouve le hall d'accueil. Je suis à bout de souffle, les muscles de mes cuisses me font horriblement souffrir. Une autre bouche d'aération se présente au premier palier. Je me précipite pour tirer sur la grille sans ménagement. Elle cède dans un craquement métallique. Le conduit est encore plus étroit que le précédent. Mes poursuivants n'auront pas la place de m'y suivre. Je m'y faufile mais, au bout de quelques mètres, une mauvaise surprise m'attend : la bouche d'aération donne sur un conduit vertical sombre et sans fin. Dans mon dos, des cris montent :

— Il est passé par là !

Me voici pris au piège. Je n'ai d'autre choix que de me laisser tomber dans le vide. Avec un peu de chance, ce conduit ne sera pas trop long et je m'en sortirai avec quelques bleus. Je me jette en avant. Tout au long de ma chute, j'écarte les bras pour ralentir ma descente. Peine perdue, je tombe de plus en plus vite. Et soudain, mes pieds rencontrent une surface plane. Sous mon poids, elle ploie avant de céder. Je roule sur moi-même avant de me redresser vivement en écarquillant les yeux. La luminosité est aveuglante. Par miracle, me voici dans le hall d'accueil. Mon soulagement est profond, mais de courte durée. Entre la sortie de la tour et moi se dresse une silhouette, mon comité d'accueil. Et malgré sa capuche relevée sur le sommet de son crâne, je n'ai aucun mal à l'identifier : Adolf.

— *Hast du dich verloren ?* me lance-t-il.

Je hausse les épaules pour lui signifier que je n'ai pas saisi un traître mot de ce qu'il vient de me dire.

— Heu... *english? We...* heu... *we can speak english?* balbutié-je.

Les langues vivantes n'ont jamais été mon fort. Mais je doute que mon adversaire soit là pour me faire la conversation. Il éclate pourtant de rire.

— *Ha ha ha ! Du sprichst die Sprache des Feindes !*

— Heu... *Spagnol* ?

Adolf ne prête aucune attention à ma dernière réplique, il s'élance vers moi. Sa vitesse est telle qu'il m'est impossible d'éviter son premier coup. Ses deux poings joints me percutent au niveau de la poitrine, me coupant le souffle. Je pars à la renverse en glissant sur le parquet ciré du hall d'accueil.

— *Du machst weniger das schlaue.*

— Je comprends rien à ce que tu me dis, grogné-je en redressant la tête. Inutile de continuer à me parler.

Adolf s'avance lentement vers moi. Son assurance est glaçante, comme s'il procédait à une simple mise à mort : la mienne. Impossible de me relever, mes muscles sont trop endoloris. Une des bretelles de mon sac à dos s'est rompue sous le choc. Une idée me vient à l'esprit, le genre d'idées qui paraissent mauvaises au premier abord... et qui le sont sans aucun doute. Mais qui, dans les circonstances présentes, peuvent être considérées comme des idées de la dernière chance.

Je sors mes gants ventouses de mon sac, ainsi que mon poinçon.

— *Friert es dich an den Händen ?* me lance Adolf.

Peut-être me demande-t-il si j'ai froid aux mains ? J'enfile mes gants à toute vitesse avant de bondir vers le mur sur ma droite. Pas le droit à l'erreur. La surprise de mon adversaire est totale lorsque je me hisse jusqu'au plafond. D'un geste de mon poinçon, je tranche un fil auquel est suspendue une lampe. Elle s'écrase avec fracas aux pieds d'Adolf. Ce dernier fait un bond sur le côté. Je jubile intérieurement, j'ai marqué un point. Mes ventouses collent parfaitement au mur, je m'élance vers la sortie.

— *Spinnenmaudite*... siffle mon adversaire.

De toute évidence une insulte. Je désactive les ventouses de mes chaussures et, d'un bond, me retrouve au sol. Je franchis les portes de sortie sans m'arrêter. Adolf est sur mes talons.

La rue est complètement vide, nul endroit où fuir. La panique me gagne lentement. Soudain, le bruit d'un moteur monte sur ma gauche : celui d'un bus roulant à vive allure. Sans perdre une seconde, je m'engage dans son sillage. Les talons de mes chaussures claquent sur le pavé. Le bus ne ralentit pas, le conducteur ne m'a sans doute pas vu. Nous passons devant la rue de l'Arrivée à toute allure et au moment où le véhicule s'engage sur le boulevard du Montparnasse, je bondis. Mes deux ventouses se collent simultanément à l'arrière du bus, de part et d'autre d'un panneau publicitaire. Un juron éclate dans mon dos. Adolf me poursuit toujours, les traits de son visage sont traversés par une colère sans égal. Il force l'allure, peut-être espère-t-il nous rattraper ? Mais le bus finit par le distancer. Malgré sa surpuissance, il n'est pas de taille. Sa silhouette rapetisse peu à peu et, lorsque nous traversons Port-Royal, il n'est plus qu'un point. Il s'est arrêté de courir, les poings levés vers le ciel. Son hurlement monte dans la nuit, me glaçant le sang.

En parvenant à la place d'Italie, je soupire enfin de soulagement. Me voilà tiré d'affaire. Il est temps de rentrer au repaire des Sept de Babylone pour faire mon rapport. Je profite d'un arrêt à un feu rouge pour me détacher et m'éloigner dans une ruelle sombre, les mains dans les poches. Je me fonds rapidement dans l'obscurité de la nuit.

Chapitre 25

Toth me dévisage avec attention.

— Tu as fait de l'excellent travail, finit-il par murmurer en me posant une main sur l'épaule.

Derrière lui, Verse approuve d'un hochement de tête. Wolf est là également, et un peu plus loin se tient Jeanne. Les bras croisés, adossée contre un mur, elle m'adresse un sourire désarmant. Difficile de me concentrer sur les paroles de Toth.

— Cette découverte est terrible, déclare Toth à l'assemblée. Si Léonard a réussi à fabriquer une machine lui permettant de localiser les Merveilles du monde, il va nous falloir rivaliser d'ingéniosité pour l'empêcher de parvenir à ses fins.

Il fronce les sourcils en se tenant le menton.

— Quelque chose me dit pourtant qu'un sursis nous est accordé, marmonne-t-il. Comme pour toutes les machines qu'il a élaborées jusqu'à présent, Léonard va avoir besoin de puissance. Les Merveilles doivent être disséminées à travers le monde. Il est impossible qu'elles soient toutes regroupées à Paris.

Il paraît de plus en plus pensif.

— Il va réellement avoir besoin d'énormément de puissance...

Sa voix n'est plus qu'un souffle. Il observe alors un silence songeur, le regard perdu dans le vide. Dans son dos, Jeanne hausse les épaules. Même si elle fait partie de l'équipe depuis peu, elle s'est très vite habituée aux manies de chacun et respecte, non sans une pointe d'amusement, les absences auxquelles est sujet Toth lorsqu'il est plongé dans une réflexion intense. Ma patience est moindre, je brûle de savoir en quoi consistera la prochaine étape. Mais Toth ne fournit aucune indication. Il se contente de me dire, au bout d'un long moment :

— Va te reposer quelques heures, tu le mérites bien. Ensuite, je te conduirai dans un endroit particulier.

De retour dans ma chambre, je peine à m'endormir. Mon aventure dans la tour Montparnasse a laissé mes sens aux aguets. J'ai beau essayer de respirer lentement, impossible de retrouver mon calme. Les images se succèdent dans mon esprit, la peur persiste au creux de mon estomac. J'ignore tout de l'endroit où va me conduire Toth demain, mais j'ai bien senti à son regard qu'une bataille terrible et décisive venait de s'engager.

Je me lève à 19 h 30, la nuit doit être tombée. Nous vivons en décalé, et je suis surpris de m'y être habitué aussi rapidement. Une pensée traverse mon esprit : « Reverrai-je un jour le soleil ? » Je glousse à ma propre bêtise, la réponse est d'une telle évidence : bien sûr.

Toth m'attendait dans la salle de repos. Il est seul et jette des regards nerveux autour de lui.

— Nous allons partir sans tarder, me lance-t-il. L'endroit où nous nous rendons n'est pas loin, mais je voudrais y parvenir dans les plus brefs délais.

Le timbre de sa voix trahit une agitation inquiétante. Je fronce les sourcils ; à dire vrai, je ne l'ai jamais vu dans un tel état d'excitation.

Nous quittons le repaire des Sept de Babylone dans une petite voiture de sport que Toth a l'air manifestement à l'aise de conduire. Il manie le levier de vitesse avec dextérité et paraît vouloir éprouver la puissance du bolide à chaque fois que son pied se pose sur la pédale d'accélération. Au bout d'une demi-heure de route, après avoir franchi la périphérie de Paris, nous nous engageons sur une route bordée d'arbres, jusqu'à une imposante grille nous barrant le passage. Toth descend du véhicule pour aller l'ouvrir. Un bâtiment se dresse non loin, dans l'obscurité de la propriété.

— C'est l'observatoire de Meudon, me confie Toth en remontant dans la voiture.

Nous nous garons derrière un muret, à l'abri des regards indiscrets. Puis nous empruntons un escalier tortueux qui nous mène à une vaste salle circulaire. En son centre, un fauteuil fait face au plus grand télescope qu'il m'ait été donné de voir. Mon visage doit trahir un ébahissement total, car Toth m'invite d'un geste de la main à prendre place sur le fauteuil.

Je m'exécute sans plus tarder et colle mon œil sur la lunette du télescope. Mon émerveillement monte d'un cran, une constellation d'étoiles se déploie sous mes yeux.

— C'était l'endroit préféré de Copernic, murmure Toth.

Avant de pousser un soupir en découvrant mon air interrogateur.

— Tu as tout de même un certain nombre de lacunes en culture générale qu'il te faudrait combler, maugrée-t-il. Copernic était un savant exceptionnel du XVIe siècle. C'est lui qui a édicté le principe de l'héliocentrisme, selon lequel la Terre n'est pas immobile, mais tourne autour du Soleil.

Il me jette un regard narquois avant d'ajouter :

— Tu es au courant que la Terre tourne autour du Soleil ?

C'est à mon tour de soupirer. Mais je choisis de ne pas relever sa pique et demande :

— Qu'est-il arrivé à Copernic ?

Un voile sombre altère le regard de Toth.

— Il était mon meilleur ami. Nous avons accompli des choses extraordinaires tous les deux, voyageant à travers le monde, partageant des festins insensés...

Nous nous sommes égarés dans des conversations endiablées, nous avons ri sur des situations cocasses et versé des larmes sur d'autres, bien moins amusantes.

Ses yeux brillent dans la pénombre. Il sort un imposant cigare de la poche de son veston et entreprend de l'allumer. Entre deux bouffées, il poursuit :

— Copernic me soutenait dans les situations délicates, lorsque mon esprit s'abandonnait au désespoir le plus noir. Et j'étais toujours là pour lui.

Son regard se voile davantage.

— Il y a une chose qu'il faut que tu saches : revenir d'entre les morts n'est pas franchement une promenade de santé. La *fêlure*, ce principe que j'ai évoqué l'autre jour...

Je hoche la tête.

— Cette *fêlure* peut provoquer de sérieux troubles dans notre façon d'être. Comme un dérèglement, une altération de notre personnalité. Je suis Victor Hugo, bien entendu, la personne évoquée dans les manuels de littérature. Mais cette *fêlure* fait tout de même de moi quelqu'un de sensiblement différent. Un être unique.

Il s'assoit lourdement dans un des fauteuils de cuir qui meublent la pièce.

— Copernic adorait observer les étoiles. C'est un peu comme si elles étaient là pour lui rappeler l'importance qu'ont eue ses travaux à son époque. Tout comme chacun de nous, il a été profondément choqué par les avancés de la science. Mais il s'est vite remis de son traumatisme et s'est plongé à corps perdu dans l'étude de l'astronomie moderne. Si tu l'avais vu alors, un vrai gamin.

Il lâche un petit rire où perce une nuance de nostalgie.

— Il est mort il y a bientôt neuf ans, dit-il avec brusquerie. Homère l'a remplacé.

— C'est Léonard qui l'a tué ?

— Cléopâtre. Elle lui a planté une lance dans le cœur. Je m'en souviens comme si c'était hier, j'ai assisté à toute la scène. Je me rappelle surtout son regard, son dernier regard. Il me l'a adressé. Ses yeux reflétaient un tel amour. J'y ai deviné des remerciements, pour tous ces instants partagés, j'y ai vu un apaisement incroyable, comme si la mort ne lui faisait plus peur. Et je suis resté là, immobile, à observer les derniers instants de la deuxième vie de celui qui fut mon meilleur ami.

Je prends place en face de lui. La nuit va être longue, Toth a sans doute beaucoup de choses à me confier.

— Je suis revenu dans les années 1960, en 1967 plus exactement. Et j'ai réussi à survivre jusqu'à maintenant. Ce qui n'a pas été le cas de tout le monde. Les membres des Sept de Babylone n'ont pas toujours été ceux que tu connais.

Le nombre de personnalités qu'il me cite est impressionnant. La plupart me sont inconnues, mais certaines trouvent un écho dans les bribes de mes connaissances. Et certaines se révèlent à travers des caractères que je n'aurais jamais soupçonnés.

— Jules César était un des hommes les plus drôles que j'aie jamais rencontrés. Jamais en reste pour une bonne blague. Avec Clovis, ils faisaient la paire tous les deux. Ce fut une grande perte pour notre équipe lorsqu'ils ont trépassé.

Il allume un deuxième cigare et poursuit :

— Diane de Poitiers était une femme magnifique. J'avoue être tombé fou amoureux d'elle dès le premier regard. Malheureusement pour moi, je n'étais pas du tout son style. Pour te dire la vérité, il s'avère qu'elle préférait les femmes.

La nuit nous enveloppe. À un moment, Toth se lève pour aller chercher deux verres dans un petit buffet au fond de la pièce. Il les remplit en murmurant :

— C'est du douze ans d'âge.

— Heu… Toth ?

— Oui ?

— J'ai treize ans.

— Ah oui, pardon…

Il vide mon verre d'un trait et me demande :

— De la limonade te conviendrait ?

— C'est parfait.

Il continue son récit en évoquant les principales confrontations que les Sept ont eues avec l'équipe de Léonard. Je me laisse bercer par ses mots, les faits sont particulièrement épiques. En fermant les yeux, j'entends presque les armes s'entrechoquer. Une question me vient alors à l'esprit : le fait qu'ils n'aient jamais été repérés tient du pur miracle.

Toth s'est tu. Il fait tourner sa boisson dans son verre, observant avec une attention étrange les arabesques qui se forment sur les parois. Son silence est empreint d'une mélancolie sourde. Je remarque alors, à côté du buffet, un bureau sur lequel sont empilés une série de feuillets.

— Tu veux savoir ce que c'est ? me demande soudain mon ami.

Il se lève en m'invitant à le suivre.

— C'est mon travail, dit-il.

Toutes les pages sont couvertes de son écriture, fine et appliquée.

— Il s'agit d'un roman, explique-t-il. Car tu n'es pas sans savoir que je suis avant tout écrivain. Tout au long de notre combat contre Léonard, nous profitons de nombreux instants de pause, durant lesquels il faut bien s'occuper. Moi, j'écris, je crois bien que c'est encore l'activité dans laquelle j'excelle le plus.

— Et ça parle de quoi ?

— C'est la suite de *Notre-Dame de Paris*. Mais à notre époque. La descendante d'Esméralda lutte contre les inégalités sociales. Tout comme son aïeule, c'est une gitane. Mais ce n'est qu'une ébauche pour l'instant, le titre est provisoire : *Notre-Dame de Paris 2, le retour*.

Il pose une main à plat sur la pile de feuillets.

— Nous possédons tous nos petites activités annexes. Mozart par exemple, penses-tu qu'il ait arrêté de pratiquer la musique ? Il me harcèle pour que je fasse revenir Vivaldi, il voudrait monter un groupe.

— Un groupe de rock ?

— Il a cédé à certaines facilités de notre époque, mais je dois admettre que ses récentes compositions sont en tous points remarquables. Je ne suis d'ailleurs même pas sûr que les personnes qui écoutent habituellement ce genre de musique soient prêts pour une telle qualité.

— Et les autres membres des Sept ?

— Homère fait du jardinage. C'est lui qui entretient le repaire de Babylone. Verse étudie la poésie.

Je ne peux m'empêcher de pouffer alors que Toth termine :

— Quant aux frères Grimm, leur passion, c'est les jeux vidéo.

Ça me semble soudain d'une telle évidence que je suis incapable de réagir. J'imagine sans peine les deux frères, les yeux rivés sur un écran, la manette à la main.

— Ils ont même conçu un scénario de jeu, ajoute Toth. Je te rappelle qu'à l'origine, ils étaient aussi tous deux écrivains.

Nous retournons nous asseoir. Toth remplit de nouveau son verre. Son visage s'assombrit. Il boit une gorgée et murmure :

— Je t'ai conduit ici car j'ai une chose importante à te révéler.

Après une nouvelle gorgée, il me demande :

— Comment va ta blessure ?

— Je ne sens presque plus rien. À peine un tiraillement, mais la pommade d'Homère a véritablement fait des miracles.

— Tant mieux, dit-il. Tu sais que Rave est un tireur d'élite. Il est réputé pour ne jamais manquer sa cible.

Il marque une pause en me fixant avec insistance.

— Il aurait pu te tuer ce jour-là, finit-il par conclure. Mais il ne l'a pas fait.

Une multitude de pensées commencent à se former dans mon esprit. Toth ne m'a pas quitté des yeux. Peut-être attend-il une réaction de ma part ? Mais je reste silencieux.

— Lorsque tu l'as rencontré la première fois, poursuit-il alors, il a tiré dans la fiole, alors qu'il aurait très bien pu t'abattre et récupérer le fragment.

— Mais j'ai sauté sur le côté... !

— Rave ne manque jamais sa cible, persiste mon ami.

— Tu veux dire que...

— Parfaitement, me coupe Toth. Rave est dans notre camp.

Cette révélation me laisse bouche bée. Ainsi donc, Rave a agi sciemment en me faisant absorber le fragment de la statue chryséléphantine de Zeus. Il savait que c'était la seule façon pour que le fragment parvienne jusqu'aux Sept de Babylone. Et en me blessant lors de ma première visite en haut de la tour Montparnasse, il s'est juste affranchi de la suspicion de Léonard.

— Mais comment se fait-il qu... ?

Toth me coupe une nouvelle fois :

— Lorsque j'ai été confronté à lui la première fois, il y a au moins vingt ans de cela, j'ai bien senti qu'il marquait toujours une certaine hésitation dans la bataille. Lorsqu'il utilise la pierre, Léonard corrompt les personnalités qu'il fait revenir, mais il semblerait que, parfois, il échoue à le faire. J'ai réussi à contacter Rave, et le faire basculer dans notre camp a été bien plus simple que je ne l'avais imaginé. Malgré tout, le risque de se trahir à tout moment l'empêche de nous fournir des informations avec régularité.

Toth se sert un troisième verre, il n'en a visiblement pas terminé avec ses révélations.

— Il a pourtant réussi à me faire parvenir un message pas plus tard que la semaine dernière. Un message de la plus haute importance.

Il vide son verre d'un trait et me fixe sans ciller avant de déclarer :

— Il y a un traître parmi nous.

Chapitre 26

Sur le chemin du retour, je ne prononce pas un mot. La nouvelle mission que m'a confiée Toth m'occupe l'esprit : démasquer le traître des Sept de Babylone.

— Tu es nouveau parmi nous, m'avait-il expliqué. Personne ne se méfiera de toi et il semblera naturel que tu poses des questions à tout le monde.

Le trajet me paraît bien plus long qu'à l'aller. Toth ne semble pas pressé de rentrer et la vitesse de son bolide est bien moindre.

— D'autre part, m'avait-il également confié, tu t'es montré largement à la hauteur pendant ton infiltration chez l'ennemi. Au-delà de toutes mes espérances. Et c'est sans aucune réserve que je me permets de te demander ce nouveau service.

Fort de cette *promotion*, je regarde le paysage défiler par la fenêtre de la voiture. Nous traversons la Seine, les eaux noires du fleuve sont agitées et les nombreux remous lui donnent l'aspect d'une peau ridée et couverte de cicatrices. La nuit est d'encre, et tout est calme malgré les événements qui ont troublé la capitale quelques jours auparavant. L'incident de la place de la Concorde est loin d'être oublié pour les habitants, et plus particulièrement pour les agents chargés du maintien de l'ordre. Les services de police doivent être sur le qui-vive, un certain nombre de militaires armés patrouillent dans les rues. Toth m'a pourtant affirmé que nous ne craignions rien, et qu'il était bien trop rusé pour se faire prendre comme un vulgaire malfrat. Son assurance m'a fait sourire, même si j'y ai perçu une nuance d'arrogance qui ne s'était jusqu'alors jamais manifestée chez lui.

Au niveau du jardin du Luxembourg, nous empruntons le parking souterrain où se trouve la porte dérobée menant au repaire. Le mécanisme est simple, il s'agit en tout et pour tout d'un mur de ciment coulissant automatiquement dès que la voiture s'en approche. Toth gare la voiture et, avant de descendre, me dit :

— Je compte sur toi.

Puis nous rejoignons les autres.

J'ai une séance d'entraînement avec Verse dans un peu moins d'une heure. Je vais me préparer dans ma chambre, perdu dans mes pensées. Une question tourne dans ma tête : mais qui peut bien être le traître ?

J'élimine Jeanne de la liste. Elle fait partie de l'équipe depuis bien trop peu de temps pour être concernée par cette histoire.

Les frères Grimm : cela me paraît peu probable. Ils sont tellement liés qu'il me semble impossible qu'un seul d'entre eux soit un félon. Mais peut-être le sont-ils tous les deux ? Je mets cette question de côté, j'y réfléchirai plus tard.

Il reste trois personnes : Verse, Wolf et Homère. Je réalise alors à quel point ma nouvelle mission va être compliquée.

Je me présente à la salle d'entraînement pile à l'heure, quelques secondes avant Jeanne. Verse est déjà là, assis en tailleur, les yeux clos, plongé dans une intense méditation. Il se lève pourtant pour nous accueillir. Ses manières sont bien plus agréables qu'à son habitude et je le surprends même à poser sa main chaleureusement sur mon bras.

— Bon maintenant, il va falloir que je vous apprenne véritablement à vous battre. Jusqu'alors, ce n'était que de la bagatelle. Il est temps de passer aux choses sérieuses.

Il nous invite à nous asseoir face à lui et commence :

— Les quelques cours que nous avons eus m'ont permis de déterminer quel style de combat vous correspondrait le mieux. Il se trouve que, par le plus grand des hasards, je me suis aperçu que vous possédiez tous deux une façon identique de vous mouvoir dans l'espace, la même rapidité. Que vous aviez en quelque sorte une véritable complémentarité corporelle.

Ce dernier terme me fait rougir jusqu'à la racine des cheveux. Jeanne n'a rien remarqué. Elle n'a pas quitté Verse des yeux et l'écoute poursuivre son exposé :

— Je vais pouvoir vous enseigner le même art martial. Vous continuerez donc à suivre les cours ensemble.

Mon émoi s'étend à l'extrémité de chacun de mes membres. Verse s'interrompt :

— Qu'est-ce que tu as ? Tu as chaud ?

— Non, non, tout va bien...

— Alors c'est parfait, parce que ce que je m'apprête à vous enseigner est d'une complexité sans pareil. Il s'agit du jiu-jitsu.

Il observe un silence appuyé. Jeanne et moi échangeons un bref regard.

— C'est un art martial qui date de plusieurs siècles, nous explique Verse. Son nom signifie « l'art de la souplesse ».

Il me gratifie d'un clin d'œil et poursuit :

— Il était enseigné aux samouraïs. C'est une technique de guerre qui consiste à se battre à mains nues contre un adversaire armé et souvent bien plus fort. De cette technique sont nés le judo ainsi que l'aïkido. C'est pour cette raison qu'on appelle aussi le jiu-jitsu l'art-père.

Un étrange sourire se dessine sur le visage de notre instructeur.

— La base de cette technique repose dans un premier temps sur l'évitement.

Il me pointe soudain du doigt et m'ordonne :

— Lève-toi. Nous allons commencer sans tarder par quelques exercices.

Je m'exécute sur-le-champ et me place au centre du tatami.

— L'évitement sollicite trois axes essentiels du corps, poursuit Verse. Tout d'abord celui du cou. Cette articulation te permettra de bouger la tête, en arrière, sur la droite et sur la gauche. Il y a ensuite l'axe des épaules qui donnera une torsion latérale à ton buste, et enfin l'axe de la taille. En combinant une action sur ces trois axes, tu pourras éviter n'importe quel coup, quelle qu'en soit la puissance.

J'acquiesce d'un hochement de tête. Verse continue son cours :

— Et c'est là qu'arrive la première difficulté. En combinant ces trois axes, tu soumets ton corps à un déséquilibre.

Il sourit de toutes ses dents.

— Mais toute difficulté peut être surmontée. Il faut utiliser tes jambes. Elles te permettront de compenser ce déséquilibre et de rester debout quelle que soit la situation.

J'emmagasine ces données, jusque-là rien ne me paraît bien compliqué.

— En utilisant la flexion des genoux, explique Verse, l'équilibre sera conservé. Et c'est là qu'intervient la seconde difficulté.

Son regard se fait plus perçant, mais je ne cède pas à l'intimidation.

— Et là je te pose une question : que faire une fois qu'on a atteint cet équilibre ?

Je hausse les sourcils, je n'ai pas de réponse précise à lui donner. Je me lance pourtant :

— On attend le coup suivant ?

Verse secoue la tête, comme s'il était pris d'une grande lassitude. Puis il pose sa grosse main sur mon épaule.

— Et quand est-ce que tu te bats ?

— Je croyais que le jiu-jitsu ne consistait qu'en esquives ?

— Bien sûr, mais à un moment ou à un autre, il va falloir que tu terrasses ton adversaire. Et donc forcément que tu lui portes un coup.

Je lui lance, narquois :

— J'imagine que là aussi il va y avoir une solution pour surmonter le problème.

— Ne sois pas insolent… Effectivement, il y a une solution : tu vas créer un déséquilibre qui sera lui-même compensé par le coup que tu donneras.

Je n'ai rien compris, mais je n'ose pas le lui dire. Il remarque mon trouble et me demande aussitôt :

— Frappe-moi.

Je ne me fais pas prier et lui envoie un coup de poing féroce. Difficile de saisir avec précision ce qui se passe ensuite. La rapidité de Verse est étonnante. Il se penche sur le côté, se retrouve comme suspendu, en appui sur un seul pied, et profite de ce déséquilibre pour riposter. En l'espace d'une seconde, je me retrouve les quatre fers en l'air.

— Là, tu as compris ?

Je marmonne :

— Hm… oui.

Je me relève pour reprendre ma place à côté de Jeanne.

— Ne t'assois pas, m'intime notre instructeur, nous allons poursuivre. Autant appliquer tout de suite vos nouvelles connaissances, vous allez vous battre l'un contre l'autre.

Nouvelle petite pigmentation rouge, mais cette fois juste au bout de mes oreilles. Nous nous plaçons tranquillement face à face. Une évidence me frappe alors : jamais je n'oserai frapper Jeanne. Ce qui n'est pas son cas. Au moment même où Verse nous dit « Commencez », elle m'assène un coup si puissant que je me retrouve une nouvelle fois au tapis.

La journée avait pourtant si bien commencé.

Chapitre 27

Notre première leçon de jiu-jitsu dure trois heures. Trois heures au cours desquelles Jeanne réussit à me briser une molaire. Homère ne peut s'empêcher de glousser en m'accueillant à l'infirmerie.

— Les filles, soupire-t-il après s'être calmé.

Il sort une pince d'un tiroir en me déclarant :

— Ne t'inquiète pas, je suis aussi dentiste.

Puis il me demande d'ouvrir la bouche et durant tout le temps que dure l'opération, il me parle :

— J'ai appris que tu avais commencé ton initiation au jiu-jitsu. C'est une bonne chose, c'est un sport de combat noble. Même si son principe reste discutable.

Je manifeste mon incompréhension en fronçant les sourcils.

— Cesse de bouger, je risque de te blesser.

Il fouille de nouveau dans le tiroir et en sort une aiguille de bonne taille et une bobine de fil.

— Le principe de l'esquive n'est pas vraiment franc, poursuit-il. Il élude le face-à-face. Et parfois il est bon de faire face à son adversaire. Je veux dire : faire vraiment face.

Il enfile le fil dans le chas de l'aiguille tout en continuant de parler :

— Lorsque j'étais jeune, je faisais du théâtre. Cette activité me comblait au plus haut point et je crois, sans me vanter, que je n'étais pas mauvais. J'arrivais à jouer aisément n'importe quel rôle.

Mon cœur se met à battre plus vite sans que je puisse le contrôler. Les propos d'Homère sont troublants.

— L'aspect le plus plaisant du théâtre reste que c'est un des seuls endroits où le mensonge et les faux-semblants sont acceptés.

Il enfonce son aiguille dans ma gencive avec tant de dextérité que je ne ressens aucune douleur.

— Endosser une personnalité différente de la tienne, déclare-t-il d'un ton rêveur.

Sa voix s'élève dans la salle d'infirmerie, elle est plus légère que d'habitude, presque chantante. Ma bouche grande ouverte me contraint à garder le silence, je ne saurais de toute façon quoi dire. Mon malaise va grandissant, et il s'accentue davantage lorsqu'Homère déclare :

— Rien d'étonnant à ce que Verse se soit spécialisé dans l'enseignement du jiu-jitsu, l'esquive est un peu sa spécialité.

Il éclate de rire.

— Enfin, bon, je te dis ça. Verse est avant toute chose mon ami, même si de temps à autre son caractère bourru me contrarie. Parfois, il tient plus de la bête sauvage que de l'être humain.

Il pose l'aiguille et s'essuie les mains sur le devant de sa blouse blanche :

— Voilà, c'est terminé, j'ai réussi à éviter le pire. Ta dent est sauvée, inutile de l'arracher.

Il me sourit et cette malice si plaisante traverse de nouveau son regard. Je quitte l'infirmerie le cœur léger. Il me semble difficile de soupçonner Homère d'être le traître, même si son attitude a insinué un doute dans mon esprit. Il semble familier avec le principe du double jeu et ses propos sur Verse me perturbent. Et si, sous ses manières bourrues, le chef gaulois dissimulait une personnalité peu fréquentable ?

Les pensées tournent en boucle dans ma tête jusqu'à la salle de repos. En pénétrant dans la pièce, je suis immédiatement enveloppé par une musique d'une beauté incroyable. Wolf est installé au piano, et il joue.

En cet instant précis, je mesure ma chance d'avoir pu croisé la route de ces êtres remarquables. Je ferme la porte le plus doucement possible derrière moi et vais m'installer en silence sur un des canapés pour écouter mon ami.

Les notes se succèdent à un rythme ahurissant. Les épaules de Wolf ondulent avec une souplesse féline. De temps en temps, sa tête part en arrière, comme s'il s'abandonnait corps et âme à son art. Je n'ai jamais été un adepte de la musique classique. Pour être honnête, je ne l'ai jamais comprise. Malgré cela, la performance de Wolf me subjugue. Et si je devais y associer une image, ce serait celle d'une gigantesque cathédrale s'élevant vers les cieux, un édifice à l'architecture complexe mais d'une clarté absolue, sans fioriture ni superflu. Chaque note occupe l'espace avec précision, chaque silence révèle des rythmes si subtils qu'ils me plongent dans un état d'hébétude totale. Et à travers ces enchaînements d'accents et de vibrations, la mélodie finit par prendre corps.

Une larme perle à la lisière de ma paupière.

Wolf joue encore pendant de longues minutes, puis il s'arrête, avec lenteur, comme si les dernières notes consistaient en une délicate ponctuation à cet instant de grâce.

— Ah, tu étais là, murmure-t-il en remarquant ma présence.

Dans ses yeux brille encore la beauté du morceau qu'il vient d'interpréter.

— Je joue souvent pour essayer de me détendre. Lorsque je suis seul dans cette pièce.

Il soupire en souriant tristement.

— La musique me manque. J'aimerais pouvoir en jouer comme j'avais l'habitude de le faire dans le temps passé : à savoir toute la journée. Mais j'ai un devoir à accomplir, comme tu le sais.

— Mais tu n'as jamais songé à quitter les Sept ?

Cette question m'a échappé. En la formulant, je réalise combien elle est proche de mes préoccupations actuelles. Wolf me lance un regard surpris :

— Non ! s'offusque-t-il. Jamais je n'ai songé à faire une telle chose. Nous œuvrons pour une noble cause. Notre combat est juste et Toth a besoin d'aide pour mener à bien sa lutte contre le mal. La musique me paraît parfois si dérisoire par rapport à notre mission.

Après une légère hésitation, il murmure :

— Enfin... il y a des jours où je me demande si c'est vraiment le cas.

Ses mains se posent de nouveau sur le clavier. Quelques notes sonnent, teintées d'une certaine désinvolture, comme pour souligner l'état d'esprit qui vient de le gagner. Des accords s'organisent. Le rythme est différent, il évoque un blues d'un autre temps. Wolf se penche sur son piano comme s'il accusait brusquement le poids de son âge véritable. Et il commence à chanter.

Je m'enfonce un peu plus dans le canapé. Le cuir crisse sous mon poids alors que la voix de Wolf emplit progressivement la pièce. Un souvenir me revient en mémoire : celle des verres que se servait Toth à l'observatoire de Meudon accompagnée du son des glaçons s'entrechoquant. Cette vision trouve un écho évident dans l'ambiance de la salle de repos. Le chant de mon ami est comme une plainte, qui s'éternise et qui trahit une facette de sa personnalité que je n'ai jamais soupçonnée jusque-là : la mélancolie.

Son morceau achevé, il vient prendre place en face de moi, le sourire aux lèvres.

— Comment ça se passe ? me lance-t-il.

— Bien.

— Verse te mène la vie dure ?

— Ça va.

Il éclate de rire, comme pour me signifier qu'il ne me croit pas une seule seconde. Puis il étend ses bras sur le dossier du canapé en soupirant.

— Tu te plais parmi nous ? me demande-t-il après un long silence.

— Ma famille me manque.

C'est la vérité et c'est la première réponse qui me vient à l'esprit. Je me reprends pourtant, pour éviter de le vexer :

— Mais je suis bien avec vous. J'ai l'impression de devenir quelqu'un d'autre, de changer. Et ça me plaît.

Il hoche la tête. Sa sollicitude me donne envie de me confier :

— Avant, je n'étais rien, ou tout du moins pas grand-chose. Un garçon sans trop de problèmes, mais sans trop d'éclat non plus. L'adolescent typique. Et puis il y a eu ce fragment de Merveille. Homère m'a avoué qu'il en ignorait complètement les effets secondaires sur mon organisme, mais que ce qu'il pouvait observer était étonnant. J'ai l'impression que mes capacités d'apprentissage ont été décuplées. Tout ce que m'enseigne Verse par exemple s'inscrit dans mon esprit avec une facilité déconcertante. Comme si j'étais une éponge. Parfois...

Je peine à décrire mes émotions. Wolf me scrute avec une attention troublante.

— Parfois, ça me fait peur, lui confessé-je.

— C'est normal, me rassure Wolf. Tu grandis, c'est tout. C'est aussi simple que ça. Peut-être un peu plus rapidement que les autres garçons de ton âge. Mais probablement de la même façon. Tu apprends des choses, tu les assimiles et, à travers ce processus, tu te construis.

— Toth m'a donné un certain nombre de livres à lire.

— Ça ne m'étonne pas de lui, ricane Wolf. Il ne peut pas s'empêcher de jouer au prof. Son érudition conditionne toutes ses manières. Et encore, je pense qu'il se retient avec toi. Si tu avais vu ce qu'il m'a fait subir lorsque je suis revenu. Des piles d'ouvrages, de véritables encyclopédies. Il insistait en arguant que j'avais du temps à rattraper, des siècles de connaissances à assimiler. Ce qui n'est pas ton cas.

Il se lève brusquement, mettant fin à notre conversation.

— Je dois y aller.

— Merci, lui adressé-je d'une petite voix.

Il fronce les sourcils en signe d'incompréhension. Je désigne le piano d'un geste du menton. Son sourire est éclatant et, par son attitude rayonnante, il me fait prendre conscience d'une évidence : il ne peut pas être le traître. Même si un léger doute persiste. Pendant sa dernière interprétation au piano, son visage reflétait une intense tristesse. Un malêtre qui semblait avoir germé au plus profond de son âme.

Chapitre 28

Je lis *Le Rouge et le Noir* de Stendhal dans ma chambre, allongé sur mon lit.

— Quelle barbe...

Je ne peux m'empêcher de prononcer cette phrase à voix haute et prie intérieurement pour que Toth ne fasse jamais revenir l'auteur de ce livre, de peur que nos aventures finissent par nous faire mourir d'ennui. Les lignes s'enchaînent et se confondent en un imbroglio de mots. Mon cerveau va sans nul doute se transformer peu à peu en une mélasse sans consistance. Je me retiens de hurler et de refermer le livre avec violence. Difficile de ne pas craquer. Mais au moment précis où les pages du livre claquent entre elles, une alarme stridente retentit dans le couloir. Deux mots jaillissent alors dans mon esprit : procédure d'urgence.

Je sors de ma chambre, en tenue, avec mon sac à dos contenant de la nourriture, une gourde d'eau et mon poinçon. J'ai revêtu à la hâte une combinaison sombre et des rangers noires. Prêt au combat, prêt à la survie, c'est une des premières leçons enseignées par Verse. La lumière qui clignote dans le couloir est verte, c'est donc dans l'antre des frères Grimm que nous avons rendez-vous. J'arrive là-bas dans les premiers, à ma grande satisfaction. Les deux frères peinent à masquer leur agitation. Une fois l'équipe au complet, Jake se lance :

— Ça y est ! Léonard a lancé son offensive. Cette fois, nous en sommes persuadés.

Il désigne l'écran d'ordinateur derrière lui. Les diagrammes qui s'y affichent semblent pris de convulsions, ils se multiplient jusqu'à former une improbable guirlande multicolore.

— Comment savoir ce qu'il prépare ? demande Wolf.

— Impossible, il n'y a qu'une seule certitude : vu l'intensité du signal, ça se déroulera à Paris.

— Faut-il organiser des patrouilles ? suggère Toth.

— Peut-être est-il déjà trop tard, mais oui : nous devons déployer des patrouilles.

La réaction de Toth est immédiate :

— Très bien, les deux frères, vous couvrirez le centre de Paris, du premier au quatrième arrondissement. Wolf et Jeanne, vous irez dans le nord, seizième jusqu'au vingtième...

À cette annonce, mon cœur se pince légèrement.

— Je m'occuperai du sud-est et Verse et Jasper couvriront le sud-ouest, termine Toth. Homère restera ici pour surveiller l'activité sur l'ordinateur.

Se tournant vers le vieil homme, il déclare :

— Tu vas donner à Jasper une de tes potions miracles qui l'aidera dans ses recherches.

L'intéressé sort de sa besace une nouvelle pilule, cette fois-ci de couleur bleue. Un sourire malicieux illumine ses traits.

— Le même genre de pilule que la précédente, sauf que cette fois, c'est ta vue qui sera décuplée.

Je le remercie et, sans plus attendre, nous sortons de la salle. La procédure m'est familière, même si je ne l'ai jamais effectuée. Nous gagnons le garage au pas de course. Notre moto nous y attend, j'attrape un casque en passant à proximité de l'étagère où ils sont rangés et le place dans le même mouvement sur ma tête. Verse est déjà sur le bolide, il le démarre dans un vrombissement tonitruant. Je m'installe derrière lui alors qu'il tourne la poignée d'accélérateur. Il ne nous a pas fallu plus de quelques minutes pour quitter le repaire des Sept de Babylone. La fraîcheur de la nuit me fouette le visage lorsque nous émergeons à l'air libre. Nous voici dans les rues, à la recherche du moindre indice qui pourrait nous éclairer sur la situation. La pilule d'Homère m'a laissé dans la bouche une sensation sucrée loin d'être désagréable. Mais ici point d'euphorie.

Par le micro dont sont équipés les casques, la respiration de Verse vibre dans mon oreille, comme le ronronnement d'un gros chat.

— Tu es bien installé ? me demande-t-il.

— C'est parfait.

— Alors tant mieux, parce qu'à mon avis, on en a pour un moment avant de trouver quelque chose.

Il lâche un petit rire et se met dans la foulée à fredonner. Sa voix n'est pas désagréable.

— Tu chantes quoi ?

— Bill Withers.

Ce chanteur ne m'évoque rien. Les intonations blues de la mélodie me laissent penser qu'il s'agit d'un musicien contemporain.

— Je l'ai croisé en vrai, me confie Verse. Toth était furieux, mais ça a été plus fort que moi. Il fallait que je rencontre ce génie.

Il soupire. Si fort que j'ai l'impression qu'un vent violent s'engouffre dans ma tête.

— Depuis, il est mort, termine Verse.

Puis il se remet à fredonner.

Nous longeons la Seine jusqu'au Louvre. La pilule bleue commence à faire effet. Les formes autour de moi se découpent avec une précision presque aveuglante, me contraignant dans un premier temps à plisser les yeux. La ville semble briller de mille feux et le moindre mouvement dans la rue est susceptible d'attirer mon attention. De l'autre côté du fleuve, je discerne avec netteté une feuille de papier journal s'élever vers le ciel, poussée par une bourrasque, et décrire de complexes arabesques dans les airs. Verse m'arrache à ma contemplation en me glissant :

— Du repaire, Homère nous préviendra dès qu'il y aura des pics plus importants.

— Homère ne se bat jamais ?

— Homère sait tout faire, me coupe sèchement Verse.

Avant de se reprendre :

— Pardonne-moi, mais Homère est mon meilleur ami. Je deviens vite suspicieux dès qu'on parle de lui. J'ai du mal à supporter les critiques à son égard.

— Ah, je ne savais pas.

— C'est lui qui m'a initié à la poésie, entre autres.

Il se tait, comme s'il regrettait de s'être confié sur sa passion.

— Et à Bill Withers, ajoute-t-il au bout de quelques secondes.

Puis il se remet à chantonner.

Nous approchons de la place de la Concorde. Au loin, les gyrophares des voitures de police nimbent les immeubles d'éclats lumineux. Paris est en effervescence depuis que l'obélisque a été détruit.

— Tu ne crains pas les patrouilles de police ? demandé-je.

— Non, me répond-il simplement.

Puis il se remet à chanter. Sa grosse tête dodeline devant moi. Mais je ne dois pas perdre de vue ma mission, je suis là en tant qu'observateur. Le moindre signe suspect doit être signalé. Nous passons au niveau du jardin des Tuileries. Le souvenir de ma première rencontre avec Jeanne me revient en mémoire. En ce moment, elle doit également patrouiller sur une moto que Wolf pilote. Mes dents se serrent malgré moi.

— Concentre-toi, m'admoneste Verse comme s'il était capable de lire dans mes pensées.

Je consulte ma montre, il est 4 heures du matin, et hormis l'agitation sur la place de la Concorde, Paris dort sur ses deux oreilles.

— À mon avis, on va faire chou blanc ce soir, marmonne Verse.

Il n'a pas tort. Après deux heures de patrouille, nous rentrons sans qu'aucun événement suspect ne vienne troubler notre trajet.

*

Le lendemain, avant de partir en patrouille, j'échange deux mots avec Jeanne :

— Tu ne t'ennuies pas sur la moto ?

— Oh non ! me répond-elle. Wolf est très drôle, il me raconte des tas d'histoires.

C'est suffisant pour me faire ruminer pendant la première heure de notre trajet. Verse ne tarde pas à s'en apercevoir.

— Quelque chose ne va pas ? me demande-t-il.

Je grommelle une réponse inintelligible.

— C'est Jeanne ?

Sa perspicacité me surprend et me pique au vif également.

— Tu l'aimes bien, hein ? insiste Verse face à mon silence.

— J… j'ai l'impression qu'elle est mon amie, bredouillé-je.

La maladresse de mes propos ne provoque pas l'hilarité de Verse, je lui en suis reconnaissant. Sa respiration est lente, il doit mûrir sa réponse.

— C'est une bonne chose d'avoir une amie telle que Jeanne, finit-il par articuler. C'est unc belle personne. Et je suis sûr qu'un jour, elle te rendra l'affection que tu lui portes. Ta sincérité ne peut être mise en doute. Et c'est également une bonne chose.

Puis il se tait. Les rues de Paris défilent devant mes yeux, véhiculant une mélancolie que je n'avais jamais remarquée auparavant. Mes pensées concernant Jeanne se dissipent avant de s'évanouir pour laisser place au plus urgent : notre mission nocturne.

Nous empruntons les quais une nouvelle fois. Le ciel est voilé de nuages sombres, laissant présager une catastrophe imminente. Le moteur de notre véhicule ronronne, répercutant ses vibrations dans mon corps. J'ai l'impression de chevaucher un fauve.

— Un jour je t'apprendrai à piloter une moto, me dit soudain Verse.

— Oh !

Mon enthousiasme n'est pas feint. Verse rit et commence à m'expliquer, avec tout le sérieux qui caractérise nos séances d'entraînement :

— Tout se joue au niveau des cuisses. Tu dois les maintenir serrées contre le réservoir et c'est ainsi que tu pourras guider ta moto. La souplesse a ici aussi son importance. Je vois bien que tu possèdes l'intuition du pilotage. Comme passager, je veux dire. Lorsque je tourne, tu te laisses naturellement porter par le mouvement.

Il hoche la tête, comme pour approuver ses propos.

— Une moto, c'est comme un cheval fougueux. Il faut savoir le dompter… sinon c'est la gamelle.

Il part d'un grand éclat de rire. Et pour illustrer sa leçon, il tourne la poignée d'accélération. La moto bondit vers l'avant, m'obligeant à me cramponner à lui. Nous passons sous un tunnel à vive allure. L'inertie déporte mon corps sur le côté, je m'abandonne à la sensation grisante de la vitesse. Un double éclat souligne notre sortie du tunnel, un radar vient de nous flasher. Verse jure entre ses dents, manifestant son mécontentement. Un autre éclat illumine notre course : celui du gyrophare d'une voiture de police. Nouveau juron.

— Toth va être furieux, murmure-t-il. Mais on va en profiter pour peaufiner ta première leçon de conduite.

Son corps massif se penche sur le réservoir alors qu'il accélère de nouveau. Le souffle du vent me pousse vers l'arrière, je me penche à mon tour. La sensation de chevaucher une fusée est plus vive que jamais. Les gyrophares se sont multipliés derrière nous. La course-poursuite est engagée.

— L'important, c'est de regarder devant toi, déclare Verse dans un murmure. Et bien au-delà. Le nerf du pilotage, c'est l'anticipation. Tu dois connaître parfaitement les phénomènes physiques auxquels est soumis ton bolide. L'adhérence, l'aérodynamique et la force de l'accélération.

Nous grillons un premier feu alors que les sirènes hurlent dans notre dos.

— Mais le plus important reste d'avoir conscience que tu n'es pas seul sur la route, poursuit Verse.

Nous passons devant une voiture qui freine dans un crissement de pneus.

— C'est le principe même de l'anticipation, conclut-il. Et c'est ce qui fera de toi un pilote d'exception.

Il n'a pas ralenti depuis que les policiers nous poursuivent. La tour Eiffel se dresse sur notre gauche. Nous l'avons dépassée sans même que je m'en aperçoive. Tout à coup, Verse porte tout son poids sur la pédale de frein. La moto se penche brutalement sur le côté dans un hurlement de gomme brûlée. Difficile de redresser la tête ; j'y parviens pourtant et réalise que nous traversons la Seine. Les voitures de police – au moins une dizaine – sont toujours derrière nous.

Mais cela n'a pas l'air d'affecter Verse et, en moins de temps qu'il ne faut pour le dire, nous voilà de l'autre côté, roulant toujours à tombeau ouvert.

— Nous allons les distancer, me souffle-t-il.

Notre vitesse est telle que ça me paraît évident.

— Ces bolides ne sont pas n'importe lesquels, m'explique-t-il. Il n'y a pas que Léonard qui sait fabriquer des machines.

D'un geste du pouce, il décapuchonne la poignée de l'accélérateur, révélant un bouton rouge dissimulé à l'extrémité. Sans plus attendre, il appuie dessus. La poussée me fait momentanément perdre l'équilibre. Nous nous engageons dans un tunnel et, au moment d'en sortir, une sensation étrange me transporte. Comme un flottement.

La moto a quitté le sol.

Elle s'élève l'espace de quelques secondes, suffisamment pour qu'une exaltation incroyable me saisisse. J'ai soudain envie de hurler, comme un animal sauvage. La lune brille dans le ciel devant nous et les nuages se sont effilochés en larges bandes disparates.

Nous avons fini par revenir au niveau de la tour Eiffel. Quelque chose d'étrange attire alors mon attention. Un détail imperceptible au sol, mais bien présent vu d'une moto qui décolle. Peut-être est-ce insignifiant, mais je me promets d'en faire un rapport à Toth dès notre retour.

Dans notre dos, les gyrophares semblent bien moins lumineux. Les forces de l'ordre ont dû renoncer. La poursuite est terminée et, plus que jamais, j'ai envie d'apprendre à piloter une moto.

Chapitre 29

— Ce n'est probablement rien, me dit Toth.

Son front est pourtant barré d'un pli, trahissant une intense réflexion.

— Une silhouette, tu dis ? demande Wolf.

J'explique une seconde fois ce que j'ai cru apercevoir sous la tour Eiffel. Une série de tentes blanches avaient été dressées, probablement en vue d'une manifestation de prestige – l'endroit s'y prête. L'espace était ceint d'une palissade. Suffisamment haute pour préserver le campement des regards indiscrets. Lors de notre saut en moto, j'ai vu quelque chose bouger. Les pilules bleues d'Homère sont particulièrement puissantes. Sans elles, je n'aurais probablement pas remarqué ce détail : une tête qui dépassait légèrement du haut de la palissade. Il devait s'agir d'un homme particulièrement grand... un colosse.

— Charlie, finit par lâcher Toth.

*

Le lendemain, les frères Grimm nous dévoilent les informations qu'ils ont réussi à collecter. Il est précisément 18 heures, la nuit vient à peine de tomber. Jake prend le temps de nous détailler la situation :

— Ce soir se tiendra sous la tour Eiffel le Salon international de la pyrotechnie.

Devant mon air perdu, il précise :

— Les feux d'artifice. J'ai réussi à obtenir des invitations pour tout le monde. Nous évoluerons en mode furtif.

Nouvel air perdu.

— Nous nous déguiserons, explique Jake.

— La réception commence dans deux heures, complète Will. Ce qui nous laisse largement le temps de nous préparer.

*

Moins d'une heure suffit pour endosser ma nouvelle identité : celle du jeune fils de Toth. J'ai revêtu un costume sombre et, pour la première fois de ma vie, je porte une cravate. C'est Toth lui-même qui l'a nouée.

— Parfait, a-t-il murmuré en me dévisageant une fois sa tâche terminée. Tu es d'une élégance rare.

Un miroir me renvoie mon reflet. J'ai l'impression d'être bien plus vieux tout d'un coup. Je plisse la bouche vers le bas, pour me donner une contenance. Toth rit en m'ébouriffant les cheveux.

— Bon, déclare-t-il, il va falloir faire quelque chose pour ta tignasse.

Une vive panique traverse mon regard.

— Pas d'inquiétude, on ne va rien couper, me rassure-t-il. On va juste te coiffer. Histoire que tu ne ressembles pas à un sauvageon.

Will se charge de cette tâche. Ma surprise est totale lorsqu'il se saisit du peigne en considérant mon crâne d'un air concentré. Les Sept de Babylone n'ont pas fini de me révéler tous leurs secrets.

Une fois les préparatifs achevés, une limousine vient nous chercher. Nous nous installons à l'arrière. Le chauffeur est silencieux, mais malgré sa casquette profondément enfoncée sur ses oreilles, j'ai reconnu Jake Grimm. Pendant le trajet, Toth me donne ses ultimes recommandations : la mission qui nous attend va nous demander un maximum de doigté. Et de la discrétion.

Mon rôle est simple : grâce à une pilule verte donnée par Homère, je dois écouter attentivement toutes les conversations et noter le moindre échange suspect. Le vieil homme m'a dans la foulée tendu une autre pilule, grise celle-ci. Et lorsque je lui ai demandé quelle en était la propriété, il m'a répondu en riant :

— C'est de l'aspirine, il n'est pas impossible qu'à la fin de la soirée, tu aies un peu mal au crâne.

La limousine s'arrête au feu à l'intersection du boulevard Saint-Michel et de la rue des Écoles. Les cafés sont bondés. Nous sommes jeudi soir, beaucoup d'étudiants sortent pour anticiper la fin de la semaine et se préparer aux festivités du week-end. J'observe les petits groupes disparates alors que la voiture redémarre. Les éclats de rire ponctuent les conversations comme des salves d'euphorie insouciante. Qui sait ce qui se prépare en ce moment dans notre capitale ? Qui sait ce que mijote Léonard ?

La place Saint-Michel est noire de monde. Des notes de musique jouées sur une guitare s'élèvent près de la fontaine. Cela faisait longtemps que je n'avais pas assisté à de telles scènes d'allégresse. Les dix jours en compagnie de Toth et des siens m'ont coupé du reste du monde, comme une perte progressive de contact avec la civilisation. Je me gorge de ces présences qui me paraissent soudain si précieuses. L'envie de me joindre à eux est forte. Un rire monte du creux de ma gorge.

— Les effets secondaires des pilules vertes, murmure Toth. Vas-y, lâche-toi, autant que tu le fasses maintenant que pendant la réception.

Mon rire explose sans aucune retenue. Les vitres de la limousine étant fumées, personne ne peut me voir de l'extérieur. Mon ventre commence à me faire mal, tant je peine à contrôler mon euphorie. Je parviens néanmoins à me calmer.

— Ça fait du bien, dis-je entre deux hoquets.

Toth me regarde avec bienveillance. L'affection qu'il me porte me paraît sincère, même s'il doit d'ores et déjà avoir endossé son rôle pour la soirée : celui de mon père.

La silhouette de la tour Eiffel se découpe à travers le pare-brise avant, elle brille de mille feux. Un projecteur géant balaie l'espace au sommet, comme un phare guidant les convives vers une fête sans pareil. Les palissades devant les tentes blanches ont été retirées. Je consulte ma montre ; la réception vient à peine de commencer et, pourtant, elle semble déjà battre son plein. Des bribes de conversation me parviennent. Lorsque la limousine s'engage devant l'entrée, un homme nous ouvre la portière avec empressement pour nous inviter à descendre. Aucun mot n'est échangé avec Jake, tout a été convenu avant notre départ : il ne sera pas loin, avec son frère et Verse, prêts à agir si la situation venait à dégénérer. Je suis Toth vers l'entrée de la tente principale. Il marche avec une nonchalance contenue ; malgré tout, ses muscles doivent être tendus et son esprit aiguisé.

Un homme vérifie nos cartons d'invitation avant de nous souhaiter la bienvenue avec une amabilité obséquieuse. Lorsque nous pénétrons dans l'enceinte de la réception, je manque défaillir. Les voix emplissent mon crâne, elles sont multiples et de timbres variés. Je m'accroche involontairement au bras de Toth.

— Ça va ? me glisse-t-il.

— Il y a beaucoup de monde…

— Tu vas t'y habituer rapidement. On va aller se servir un verre et déguster quelques petits fours. Ça ira mieux après.

L'hôtesse derrière le bar me propose une coupe de champagne. Je dois vraiment faire plus que mon âge. Bien que profondément flatté, je décline poliment. Un verre de jus d'orange fera l'affaire. Dès la première gorgée, le sucre apaise mes sens. J'ai soudain une conscience aiguë de chaque quartier du fruit qui a servi à la confection de cette boisson. Peut-être les pilules vertes d'Homère ont-elles d'autres vertus qui me seront révélées au fil du temps ? Un toast au foie gras calme ma faim. Les organisateurs de cette réception se sont donné du mal pour que la fête soit réussie.

Mon élégance ne dépareille pas de celle des gens qui m'entourent. Les femmes sont vêtues de robes aux reflets subtils. Le frottement de la soie flatte de façon agréable le pavillon de mon oreille. Les hommes ont des costumes sombres, l'heure n'est pas à la fantaisie. Les conversations vont bon train mais les sourcils restent froncés. Je mesure l'écart avec l'ambiance qui règne dans les rues de Paris. Et même si le thème de cette soirée concerne les feux d'artifice, toute notion festive semble avoir été écartée des échanges entre les convives. Les gens sont présents ce soir pour faire affaire.

— Je vais faire un tour, me dit Toth. Ne t'éloigne pas.

Ses paroles couvrent un message : il est temps pour moi d'accomplir ma mission. Je porte la main à mon oreille, comme si elle abritait un micro extrêmement puissant, et je commence à écouter.

Des plateaux de petits fours défilent devant mes yeux. De temps à autre, j'en saisis un, tout en essayant de le déguster avec dignité. En vérité, je n'ai qu'une seule envie : me bâfrer comme une bête sauvage. La retenue doit conférer à mes gestes une maladresse certaine, mais je ne m'en soucie pas. Et même si mon déguisement n'a rien de spectaculaire, je dois avouer que je m'amuse comme un fou.

Au bout d'une demi-heure, les conversations ne m'ont rien révélé d'intéressant, mis à part le prix exorbitant d'un feu d'artifice et surtout les normes de sécurité en vigueur dans ce type de manifestation. Après un deuxième verre de jus d'orange, je commence à tourner en rond. Toth est à l'autre bout de la tente. Il converse avec un groupe d'hommes du même âge que lui et appuie ses propos de grands gestes. Son emphase prête à sourire. Mon attention se porte tout à coup sur deux hommes en train de discuter dans un coin plus sombre de la réception. Impossible de saisir leurs propos dans le brouhaha général. Je m'approche prudemment en essayant d'adopter un air détaché. Mais alors que je ne me trouve plus qu'à quelques mètres d'eux, une voix retentit dans mon dos :

— Si tu crois que je ne vois pas clair dans ton jeu.

Chapitre 30

Je me retourne, en proie à une vive inquiétude. Une jeune fille se tient devant moi, me toisant d'un air goguenard. Elle semble avoir sensiblement le même âge que moi.

— Pardon ? lui dis-je sur un ton si candide qu'elle ne peut se retenir d'éclater de rire.

— Si tu crois que je ne vois pas clair dans ton jeu, répète-t-elle une fois calmée.

Un vent de panique se met à souffler en moi. Une goutte de transpiration glacée me coule le long du dos. Considérant mon embarras, elle me lance :

— Je vois bien que tu te retiens depuis tout à l'heure de t'empiffrer de petits fours. N'importe quel gamin de ton âge se jetterait sur la nourriture. Mais toi, tu fais mine de picorer comme un innocent oisillon. C'est ridicule.

Blessé dans mon orgueil, je lui lance :

— Et toi, tu as quel âge ?

— Treize ans, me répond-elle du tac au tac.

C'est à mon tour d'éclater de rire :

— Je ne suis donc pas le seul gamin de la réception.

Elle s'approche de moi sensiblement, comme si elle cherchait à me déstabiliser. Je fais moi-même un pas vers l'avant.

— Tu es venu tout seul ? me demande-t-elle avec brusquerie.

— Non, je suis avec mon père. C'est lui là-bas, avec la barbe blanche.

— Il est vieux, dit-elle d'un ton méprisant. On dirait le père Noël.

Son agressivité ne m'impressionne pas. Après tout, ce n'est qu'une gamine de treize ans, j'en ai vu d'autres ces derniers temps.

— C'est marrant que tu me dises ça, lui dis-je en prenant un air étonné. C'est une coïncidence assez incroyable !

— Pourquoi ?

— Parce qu'il se trouve que c'est effectivement le père Noël.

Elle éclate de rire. Je prends alors le temps de la dévisager. Elle fait presque ma taille. Ses cheveux sont si noirs qu'ils semblent absorber la lumière. Ses yeux sont d'un vert aquatique et ses joues parsemées de taches de rousseur. Elle est plutôt jolie.

— Si ton père est vraiment le père Noël, dit-elle, alors tu dois être un de ses lutins ?

— Lutin en chef.

Je ris, surpris de ma propre répartie. Je n'ai jamais été doué dans l'art de la conversation. Mon attitude est détendue comme si je m'étais entièrement abandonné à mon rôle. L'euphorie provoquée par la pilule d'Homère ne s'est en rien dissipée et je compte bien laisser libre cours à cette fantaisie nouvelle qui m'emporte. Un plateau de petits fours apparaît sur ma droite, comme un canot porté par un courant invisible. J'en saisis trois et les fourre dans ma bouche.

— Ça te convient mieux là ?

La fille n'en finit pas de rire.

— Tu me plais bien, murmure-t-elle au bout d'un moment.

Elle me tend alors la main et déclare :

— Je m'appelle Édith, et toi ?

Sa poigne est ferme, bien que d'une douceur troublante.

— Jasper.

Ses yeux ne me quittent pas. Malgré tout, mon regard ne dévie pas du sien. J'ai l'impression que tous les gens autour de nous se sont tus et qu'ils assistent à notre affrontement silencieux. Je me perds dans le vert de sa pupille. Un nouveau plateau passe à proximité sans perturber pour autant ma concentration. Le bruit du bouchon d'une bouteille de champagne nous fait brusquement sursauter. Nous tournons la tête en même temps, rompant l'hypnotique duel que nous menions.

— Match nul, chuchote-t-elle.

Je soupire malgré moi. Et mes épaules se détendent. C'est également son cas. Nous reprenons notre conversation d'un ton badin.

— C'est la première fois que tu viens à cette réception ? me demande-t-elle.

— Oui.

Inutile de chercher à lui mentir, cette fille est bien trop maligne pour s'en laisser conter.

— Et ça te plaît ?

Je hausse les épaules en faisant la moue, avant de déclarer :

— Les petits fours sont bons. En revanche, j'ai un peu du mal à m'intégrer aux conversations.

— Ah ouais, les discussions d'adultes, maugrée-t-elle. Je vois parfaitement à quoi tu fais allusion.

Elle affiche soudain un air pénétré en levant un seul sourcil et dodeline de la tête en faisant mine de dire quelque chose de très sérieux. C'est à mon tour de rire. Édith a vraiment un talent unique pour faire le clown.

— Très chère, fais-je en accentuant chaque syllabe d'une façon théâtrale.

Et nous voici tous deux à rire à gorge déployée. Un serveur nous observe en fronçant les sourcils alors que son collègue nous adresse un large sourire. Nous pouffons en dissimulant nos visages derrière nos mains. Peut-être est-ce la première fois de ma vie que je me lie d'amitié aussi rapidement. Mais soudain, mon regard croise celui de Toth. Ma nouvelle amie et moi sommes de toute évidence trop bruyants, et surtout, ma mission m'est sortie de la tête. Édith ne semble pas vraiment vouloir se calmer, je vais pourtant devoir m'éclipser. Je dois trouver une tactique pour prendre congé.

— Tu vas dans quel collège ? me demande-t-elle, coupant court à mes préoccupations.

— Heu… en ce moment, je ne suis pas trop au collège, bredouillé-je. Il y a eu un incident il y a quelques jours de cela et notre établissement a été en partie détruit. Pour le moment, c'est mon… mon père qui s'occupe de mon éducation.

— Ah oui ?

— Malgré son air de père Noël, il est très cultivé. J'apprends énormément de choses avec lui. Bien plus qu'au collège, je dois le reconnaître.

Édith tourne la tête vers lui pour le dévisager sans aucune gêne.

— Il doit être de la vieille école, murmure-t-elle.

Cette façon de le juger ne me plaît pas.

— Mais toi, ton père, il n'est pas là ? lui demandé-je.

Elle secoue la tête de gauche à droite.

— Il n'a pas pu venir…

— Tu es venue toute seule ! m'écrié-je.

— Non, il m'a promis de me rejoindre tout à l'heure, mais attends-toi à être déçu...

Je fronce les sourcils.

— Mon père, termine-t-elle. Ce n'est pas vraiment le père Noël. Ça serait plutôt... le père Fouettard.

Chapitre 31

La réception touche à sa fin. De nombreux convives ont déjà quitté la tente. Les tables sont toutes couvertes de verres vides, certains renversés. Des serveurs s'activent à tout ranger. Seules quelques personnes conversent encore tranquillement. Toth se tient dans un coin, occupé à discuter avec un homme, comme si de rien n'était. Ce dernier a d'ailleurs l'air captivé par les paroles de *mon père*. S'il connaissait l'identité de celui à qui il est en train de parler... Édith s'est éclipsée vers les toilettes. Son père n'a pas encore fait son apparition, mais la jeune fille ne paraît pas s'en alarmer. Me voilà de nouveau seul, un peu honteux, je dois le reconnaître, d'avoir été incapable de localiser la moindre conversation intéressante. Toth risque d'être déçu. Édith n'est toujours pas réapparue. Peut-être a-t-elle finalement retrouvé son père qui l'a ramenée chez elle ? Pourtant, j'ai l'intuition que nos routes se croiseront de nouveau. Je rejoins Toth, il va être temps de quitter les lieux. En me voyant approcher, mon ami me présente à l'homme avec lequel il s'entretenait. Ce dernier me serre chaleureusement la main, mais au moment où je m'apprête à manifester ma fatigue à Toth, un curieux grésillement me parvient à l'oreille. Semblable à celui d'un poste de radio dont le son aurait été réglé au minimum. D'un froncement de sourcils à Toth, je manifeste mon trouble. Le grésillement s'amplifie alors que je perçois un mouvement dans mon dos : une dizaine d'hommes viennent de pénétrer sous la tente. Le grésillement provenait du micro niché dans l'oreille de l'homme avec qui Toth parlait. Les muscles de mes épaules se raidissent immédiatement, près pour l'affrontement. Nous sommes tombés dans un piège.

— Tout va aller très vite, me chuchote Toth discrètement.

L'homme affiche un large sourire, révélant ses gencives et des canines d'une taille inhabituelle. Il ressemble à un loup.

— Vous pensiez pouvoir vous joindre à la réception sans rencontrer la moindre difficulté, nous déclare-t-il. Non, mais dans quel monde vivez-vous ? Vous êtes en territoire ennemi ici, et vous allez payer le prix fort pour votre impudence.

Nos adversaires sont tous vêtus de noir. Un nouveau grésillement sature l'atmosphère, celui des matraques électriques qu'ils tiennent en main. Toth enlève sa veste avec une lenteur calculée. Il porte une chemise blanche et un veston. Je réalise alors combien sa musculature est impressionnante. Moins que celle de Verse bien évidemment, mais suffisamment marquée pour qu'un pli de doute se dessine sur le front de chacun des hommes en noir.

— Tout va aller très, très vite, répète Toth, mais cette fois à voix haute.

Il retrousse les manches de sa chemise, révélant un tatouage sur son avant-bras que je n'avais jamais vu : une pieuvre. Il fait craquer les jointures de ses doigts, celles de son cou, et lance, d'un air bravache :

— Jeunes gens, il est temps pour vous d'apprendre une chose essentielle dans la vie : la défaite.

Puis il se met en position de combat, les poings tendus vers l'avant.

Les hommes en noir se déploient en cercle autour de nous. Une légère émotion fait palpiter mon cœur, c'est mon premier combat. Il me faut rester concentré, tel que me l'a enseigné Verse. Aucun droit à l'erreur, si une seule de ces matraques m'effleure, je risque de passer un très mauvais moment. Des sourires narquois apparaissent progressivement dans les rangs ennemis. Il est temps de me mettre moi aussi en position de combat.

— Ne te laisse pas impressionner, me souffle Toth. Ces hommes ne sont que des pantins, ils méritent à peine que nous levions les poings sur eux. Et leurs matraques ne sont que de vulgaires accessoires.

L'homme à l'oreillette a également sorti la sienne. Elle est ornée d'un motif gravé dans le manche : une demi-lune. Ce doit être le chef de la bande.

— Et combien Léonard vous paie-t-il pour ce travail ? questionne Toth d'une voix vive.

L'homme éclate de rire.

— Rien du tout ! C'est inutile, car il nous offre la perspective d'un avenir extraordinaire.

— Hmmm, je vois, grommelle Toth. Notre adversaire est toujours aussi persuasif quand il s'agit de promesses et de belles paroles.

L'homme à l'oreillette s'adresse alors à ses sbires :

— Léonard les veut vivants… même s'il n'a pas précisé dans quel état il voulait qu'on lui livre ces deux individus.

Des rires s'élèvent dans l'enceinte de la tente. Le grésillement des matraques électriques s'amplifie, certains de nos ennemis sont en train d'en régler l'intensité au maximum.

— À l'attaq… crie l'homme à l'oreillette.

Il n'a pas le temps de terminer sa phrase, Toth le saisit par le revers de sa veste et le projette vers l'avant. Je ne soupçonnais pas mon ami d'être si fort. Lorsqu'il m'évoquait la puissance que leur donnait la pierre, j'imaginais ses aptitudes au combat un peu plus élevées que la moyenne. Ce n'est apparemment pas le cas. L'homme à l'oreillette va s'écraser lourdement sur une table qui vole en éclats. Puis Toth se saisit d'une chaise en bois et arrache deux de ses pieds, comme s'il ne s'agissait que de simples allumettes. Le voilà à présent armé de deux morceaux de bois, suffisamment épais pour causer d'irrémédiables dégâts. Sans plus attendre, il se lance dans la mêlée.

Le choc est terrible. D'un seul coup, il met trois hommes au tapis. Deux autres se sont élancés vers lui, la matraque brandie au-dessus de leur tête. Toth esquive les coups en se baissant avec une rapidité et une souplesse inattendues chez une personne de sa corpulence. Il saisit un autre de ses adversaires et lui assène un coup de tête retentissant. Puis il se tourne dans ma direction et me demande :

— Bon alors ? Qu'est-ce que tu attends ?

Un homme en noir se jette sur moi. Il est immense et son costume semble prêt à craquer au niveau des épaules tant il est costaud. Les paroles de Verse me reviennent en mémoire :

— Rappelle-toi, fiston, plus ils sont gros et meilleur c'est.

D'un pas sur le côté, j'évite sa matraque électrique qui passe à quelques millimètres de mon visage. Ma jambe balaie le sol. Le visage de mon adversaire se crispe sous la surprise. Je lui assène un puissant coup de coude dans les côtes. L'homme décolle du sol, fait une vrille sur lui-même et s'écrase en brisant deux chaises. Il relève la tête en grognant avant de sombrer dans l'inconscience. Toth m'adresse un clin d'œil, puis je me lance dans la mêlée.

Il y a une chose pour laquelle Toth a été clairvoyant : la rapidité de notre combat. Tout est allé très vite. J'irai même jusqu'à dire très, très vite. Les coups se sont enchaînés à une vitesse stupéfiante. Mes poings ont martelé des visages déformés par la douleur. Les matraques électriques ont sifflé tout autour de moi, sans toutefois m'atteindre. À un moment, Toth m'a attrapé par l'avant-bras pour me faire tourner à grande vitesse autour de lui. Mes pieds ont balayé l'espace, distribuant des coups de temps à autre, puis j'ai tendu mes jambes et ma force de frappe a été d'une efficacité redoutable. En l'espace de quelques secondes à peine, tous nos adversaires se sont retrouvés au tapis, se tordant de douleur.

Toth époussette le devant de son veston avec désinvolture, puis il saisit une matraque électrique qui traîne au sol et l'allume.

— Ça a l'air de bien fonctionner, cet engin, dit-il d'un ton narquois.

Il la brandit devant l'homme à l'oreillette qui reprend peu à peu connaissance :

— Ça tombe bien, j'ai quelques questions à vous poser.

Il se tourne vers moi pour me dire :

— Tu n'es pas obligé de regarder.

Je détourne les yeux. Il doit exister une part sombre chez mon ami que je n'ai pas forcément envie de découvrir. Aucun cri ne retentit pourtant. Toth obtient de l'homme tout ce qu'il veut entendre. Et lorsque sa confession est terminée, nous nous regardons tous deux, estomaqués par ce qui vient de nous être révélé.

— Vous arrivez trop tard, termine l'homme avant de sombrer de nouveau dans l'inconscience.

De nouveaux bruits de pas retentissent de l'extérieur de la tente : une nouvelle vague d'adversaires. Ils entrent un à un, sans marquer le moindre empressement. Peut-être ont-ils conscience de n'avoir aucune chance contre nous malgré leur nombre ? Peut-être ont-ils surtout conscience de leur véritable rôle dans cet affrontement : nous ralentir. Nos ennemis sont bien plus nombreux que la première fois. La tente est noire de monde, comme lorsque la réception battait son plein. Et la masse de nos adversaires se resserre lentement autour de nous.

Toth et moi nous retrouvons dos à dos. Il me glisse au creux de l'oreille :

— Je vais m'occuper d'eux. Pendant ce temps-là, tu vas faire en sorte d'avertir les autres et de déjouer le plan de Léonard.

J'acquiesce lentement alors que mon ami poursuit :

— Je vais te faire sortir d'ici.

Il désigne alors du menton une ouverture dans le plafond de la tente. Il s'agit d'une fenêtre taillée dans la toile, pas très large mais suffisamment pour que je m'y faufile. Je demande à Toth :

— Et comment je fais pour monter jusq...

Je n'ai pas le temps de terminer ma phrase. Il me saisit vivement par la ceinture et le col de ma veste et me projette vers le haut. Telle une fusée, je traverse l'ouverture les bras plaqués le long du corps. Me voici à l'extérieur, m'élevant au-dessus du groupement de tentes. Je me réceptionne avec souplesse sur l'une d'elles pour me laisser glisser jusqu'au sol et prendre la fuite sans plus attendre. Les hommes en noir se sont déjà lancés à ma poursuite. Ils ne sont pourtant rien par rapport à ma nouvelle mission : sauver la tour Eiffel.

Chapitre 32

Je franchis les barrières du pilier sud et me rue dans les escaliers. Dans mon dos, c'est la cavalcade. L'ascenseur se met en branle, faisant vibrer les poutres métalliques. Une partie de mes poursuivants va atteindre le premier étage avant moi, et je serai cerné de toutes parts. Je n'ai pas d'autre choix : j'enjambe la rampe de l'escalier et me hisse sur la façade. Derrière moi, une voix s'écrie :

— Il ne manque pas de cran, ce gamin !

Si mes poursuivants veulent m'attraper, ils n'auront d'autre choix que de me suivre. Ma progression sur la façade est rapide, les voix s'atténuent dans le tumulte du vent avant de finalement disparaître. Selon les révélations de l'homme à l'oreillette, la menace est localisée au deuxième étage. Je m'élance le long des poutres sans même regarder une seule fois vers le bas. Mes mouvements sont précis, je ne crains pas de glisser. Mais soudain, une lumière vive manque de me faire perdre équilibre. Les illuminations de la tour Eiffel se sont déclenchées. Elles sont puissantes et enveloppent mon corps d'une chaleur étouffante. Leur scintillement est aveuglant, je m'arrête, incapable de discerner les points d'appui sur la poutrelle. Des étoiles lumineuses tournent autour de ma tête, me contraignant à me cramponner au métal. Une voix s'élève alors juste au-dessus de ma tête :

— Tu t'es perdu, gamin ?

Une silhouette se tient debout, quelques poutrelles plus haut, les bras croisés et les jambes légèrement écartées. Je la reconnais sans peine : Cléopâtre. La forte luminosité m'empêche de voir si elle est seule.

— Monte jusqu'ici, et je vais t'aider à retrouver ton chemin.

Je me dissimule sous une poutre. Pour l'avoir vue une seule fois à l'œuvre, mieux vaut éviter l'affrontement direct : c'est une guerrière redoutable. Une idée me traverse. La ceinture de mon pantalon va m'aider à me tirer d'affaire. La lanière est suffisamment longue pour pouvoir m'en servir comme d'un fouet. Après l'avoir retirée, je la fais claquer et brise plusieurs ampoules dans le même geste. La luminosité diminue suffisamment pour me permettre de me glisser sous une autre poutrelle en toute discrétion.

— Non mais c'est quoi là, ton plan ? s'écrie Cléopâtre. Tu vas éteindre la tour Eiffel avec ta ceinture ?

Elle part d'un rire clair et cristallin.

— Peut-être, lui lancé-je.

Mon intention est toute autre : créer quelques zones d'ombre où je pourrai me faufiler. Ma ceinture claque de nouveau, de chaque côté de ma position. Je redescends sur la poutrelle inférieure. Si j'ai bien calculé mon coup, mon adversaire ne doit pas avoir la moindre idée de l'endroit où je me trouve à présent. Et si mes souvenirs sont exacts, la tour Eiffel n'est illuminée chaque heure que cinq minutes ; autant attendre patiemment, bien dissimulé entre les croisillons de métal. Au bout de quelques minutes, toutes les ampoules s'éteignent en même temps. Un bourdonnement électrique persiste quelques secondes, puis c'est le silence. Seul le martèlement des chaussures de Cléopâtre résonne sur le métal. Sa rage est manifeste, sa proie vient de lui échapper. Je me glisse discrètement vers la droite. Contourner sa position sera plus long. Ai-je seulement le choix ? Le temps presse, je dois atteindre le deuxième étage avant qu'il ne soit trop tard.

Mes jambes sont douloureuses et mes mains sont moites, je manque de glisser plus d'une fois. Malgré mon entraînement, gravir la tour Eiffel n'est pas une mince affaire. Les muscles de mes bras commencent aussi à se tétaniser. Le froid y est pour beaucoup. Sous mon costume, une combinaison est censée me protéger des températures extrêmes. Pourtant, le vent glacial s'y est infiltré. Impossible de ne pas grelotter et d'empêcher mes dents de claquer.

Le premier étage n'est plus qu'à quelques mètres. Un ultime effort me permet de gravir les dernières poutrelles. Mais au moment de me hisser sur la dernière rambarde, une question traverse mon esprit : et si Cléopâtre n'était pas seule ? À cet instant, une main me saisit par l'épaule et me soulève sans ménagement. Puis je suis projeté comme un sac de linge sale sur le plancher en bois du premier étage.

— Tu en as mis du temps, me lance Charlie.

Je relève la tête en grognant, gagné par le découragement. Charlie se précipite sur moi et m'attrape de nouveau pour me lancer un peu plus loin. Les forces commencent à me faire défaut, je me redresse pourtant, les jambes tendues et les poings serrés.

— Oh oh, fait Charlie d'un ton moqueur. C'est l'heure de la leçon du moustique ?

Je me place en position de combat en le fixant avec défiance.

— C'est dommage, dit-il, j'ai promis à Léonard de te ramener en un seul morceau.

Il tapote le manche de son couteau, toujours passé à sa ceinture, en me faisant un clin d'œil.

— Je me contenterai donc de mes poings, termine-t-il.

Il se jette sur moi.

Quelque chose d'étrange se produit alors : une assurance inattendue me gagne.

Je ferme les yeux.

L'effet des pilules vertes d'Homère persiste. Le froissement des vêtements de Charlie me signale avec précision le moindre de ses mouvements, et j'esquive sans mal sa première attaque. Tout comme me l'a enseigné

Verse, je compense mon déséquilibre en donnant un coup à mon adversaire. Mon coude percute son flanc avec force. Ma surprise est totale : son corps est dur comme la pierre. Indifférent à mon attaque, Charlie se retourne et balance son bras pour me porter une gifle du revers de la main. Je recule vivement la tête, et la pointe de ses doigts siffle à quelques millimètres de ma figure. Je lui assène un nouveau coup, au visage cette fois. Mon poing percute sa mâchoire. J'ai l'impression d'avoir concentré toutes mes forces dans mon attaque. Une douleur vive tétanise mes phalanges ; son visage est aussi dur que le reste de son corps. Cet homme n'est qu'un bloc de muscles, aussi impénétrable et indestructible qu'une plaque de marbre. Tenir face à un adversaire de cet acabit relève de l'impossible. Son troisième coup m'atteint à l'épaule. Je roule au sol et vais me cogner contre la rambarde. La douleur m'arrache un cri, le désespoir me gagne. Une solution doit pourtant exister. Les leçons de Verse passent en boucle dans mon esprit. Une phrase émerge alors : la solution reste la patience.

Je m'élance une nouvelle fois vers mon adversaire. Je fais un bond sur le côté, et un autre à l'opposé. Je me laisse glisser au sol et, en poussant sur ma jambe droite, m'élève vers le haut. Mon bras se tend vers l'arrière, le plus loin possible, et lorsque j'amorce ma descente, je frappe de toutes mes forces. Mon poing me donne l'impression de se consumer sous la vitesse, comme s'il était constitué d'un métal ultrarésistant. J'atteins Charlie à l'épaule.

De la pierre.

Je me réceptionne sur mes jambes et lui laboure les flancs d'une série d'uppercuts.

De la pierre.

En prenant appui sur sa hanche, je bondis à califourchon sur ses épaules. Puis je lui martèle les tempes à coups de poing.

De la pierre.

Autant me concentrer sur un point négatif qui pourrait attiser ma colère – qui pourrait même la sublimer.

Charlie.

Charlemagne.

L'homme qui a inventé l'école. Tous ces instants de solitude et d'ennui me reviennent en mémoire. Toutes les brimades que j'ai endurées. Tout ça, c'est un peu de sa faute. Je saute au sol et me place devant lui pour le frapper sur la joue gauche, puis sur la droite. Mes gestes s'accélèrent et, à chacun de mes coups, une phrase résonne dans mon crâne, avec insistance et fracas : C'EST-LUI-QUI-A-INVENTÉ-L'ÉCOLE !

De la pierre.

Charlie ne cille même pas. Il me toise d'un air méprisant et, d'un revers de la main, me projette une nouvelle fois au sol. Je grommelle en me relevant avec peine :

— De la patience… ? Pfffff…

Ma réflexion ne provoque qu'un ricanement sournois de la part de mon adversaire.

Je m'élance une troisième fois vers lui.

Mes coups se répètent, je parviens à esquiver les siens. Une mince pellicule de transpiration couvre mon front, le froid n'est plus un problème. L'énergie me gagne puis me quitte aussi rapidement qu'elle est apparue. Mon mental semble embarqué sur des montagnes russes. Mais je suis toujours debout, prêt à tendre les poings vers l'avant. Soudain pourtant, une profonde fatigue me submerge. J'ai la force de porter un dernier coup, sur la poitrine de mon adversaire.

De la pierre ?

Son visage se crispe légèrement. À peine une grimace. De douleur ? Je perçois, avec une précision effrayante, ses muscles se contracter sous sa peau, comme un million de petits claquements ténus. Sa silhouette massive paraît soudain se développer. Son poing énorme se tend derrière lui puis amorce sa trajectoire létale dans ma direction. Une enclume. Il va me tuer, c'est certain. Personne n'est capable de survivre à un coup pareil. Je ferme les yeux. Je renonce et attends l'impact.

Mais il ne se passe rien.

Lorsque j'ouvre de nouveau les yeux, le poing de Charlie est toujours là. Mais il est enveloppé dans une main qui l'a stoppé net dans sa trajectoire. Celle de Verse.

— Ça suffit maintenant, siffle le chef gaulois en dévisageant Charlie.

Puis il se tourne vers moi pour me dire :

— File au deuxième, je m'occupe de cet indésirable.

Je titube puis le gratifie d'un sourire las avant de filer vers les escaliers. Nulle trace des hommes en noir, la voie est libre. Mais le temps m'est compté pour mener à bien ma mission.

Chapitre 33

La tour Eiffel semble vibrer sous la violence du combat opposant Charlie et Verse. Quel dommage de ne pas y assister. Je me contente de l'écho de leurs coups qui se répercute dans l'intégralité de la structure métallique du monument. Un cri aigu retentit : Cléopâtre doit avoir rejoint la bataille. Les chocs se succèdent, redoublant de puissance. En gravissant les marches quatre à quatre, une forte appréhension me gagne : si Charlie et Cléopâtre m'attendaient au premier étage, quelles mauvaises surprises me réserve le deuxième ? Je songe à la pire abomination qu'il m'ait été donné de croiser : l'adolescent à la capuche, sa mèche, son regard magnétique et sa petite moustache. Peut-être rôde-t-il dans les parages ? Je presse le pas. Un hurlement terrible déchire l'atmosphère, suivi par un fracas épouvantable. Je m'arrête pour me pencher par-dessus la balustrade et voir le corps de Cléopâtre se faire éjecter avec force du premier étage. Verse ne l'a pas ménagée. Elle tombe dans le vide et sa chute semble interminable. Contre toute attente, elle se redresse d'un coup de reins. Une toile s'ouvre dans son dos : un parachute. L'équipe de Léonard n'est pas à court de ressources. Et leur chef semble difficilement égalable dans la conception de gadgets pour les tirer de l'embarras.

Je reprends mon ascension. J'ai déjà parcouru la moitié du trajet. Les coups résonnant à travers la structure de la tour Eiffel me signalent que Verse ne doit pas en avoir fini avec Charlie. Espérons qu'il sortira victorieux de ce combat.

En atteignant le deuxième étage, je suis surpris par le silence. L'endroit semble complètement désert. Je m'avance avec prudence. Personne. Cela ne peut signifier qu'une seule chose : il est déjà trop tard. De larges bâches enveloppant chacun des quatre piliers attirent mon attention. Celle du pilier sud paraît plus lâche, me permettant de voir ce qu'elle dissimule après en avoir écarté un pan. Un soupir de découragement m'échappe. L'homme à l'oreillette disait vrai. Le pilier est bardé d'explosifs, plus précisément de feux d'artifice, solidement fixés à l'armature métallique du monument. De nombreux câbles enveloppent l'installation, torsadés comme les filaments d'une ampoule électrique. Leur fonction me semble évidente : lorsque le dispositif diabolique de Léonard sera enclenché, ils accumuleront de la chaleur. Une chaleur si puissante que le métal fondra. Et la tour Eiffel s'écroulera sur elle-même.

Un fil émerge de sous la bâche, courant au sol pour disparaître au niveau du centre de l'étage. Je le suis, en espérant qu'il me conduise au mécanisme de déclenchement. Le fil s'élève vers un palier supérieur accessible par un escalier métallique. Là, un boîtier est posé à même le sol, et le fil y termine sa course, avec trois autres. Mon appréhension monte d'un cran : ce sont certainement les mèches. J'ouvre le couvercle sans ménagement. Mes épaules s'affaissent à la perspective du désastre qui s'annonce.

Le boîtier contient une minuterie affichant sur un écran quatre gros chiffres rouges : trois zéros suivis d'un cinq. Le compte à rebours touche à sa fin, dans cinq secondes tout sera terminé. Une pensée funeste me traverse l'esprit, concernant ma vie, finalement bien remplie, surtout sur la fin. Les secondes s'égrènent, jusqu'à ce qu'un petit bip retentisse, suivi d'un grésillement feutré. Les quatre mèches émergeant du boîtier s'enflamment en même temps, à une vitesse ahurissante. Je parviens à en éteindre une en posant le pied dessus. Mais les trois autres flammes sont déjà loin, le temps va me manquer pour toutes les éteindre.

À partir de cet instant, tout est allé très vite. Si vite que, lorsque je me remémore cet épisode, j'ai du mal à en assembler les éléments de façon cohérente. C'est comme si soudain, je m'étais laissé guider par mes réflexes et surtout par mon instinct de survie. Difficile d'imaginer qu'il puisse s'être autant développé à mon âge. Peut-être avais-je grandi ? Un peu trop rapidement. Mes nouveaux amis n'y étaient pas étrangers. Toujours est-il qu'en me remémorant cet épisode, et surtout ceux qui suivront, je mesure ma chance d'être toujours de ce monde.

Je sors le poinçon de ma poche et le lance sur la deuxième mèche. Je la sectionne d'un seul coup. De la chance ? Je ne pense pas. Deux mèches sur quatre ont été neutralisées, les dégâts doivent avoir été minimisés. Pas le temps de m'occuper des deux dernières, à présent il faut que je songe à sauver ma peau.

Je m'élance dans les escaliers. Une seule chance me permettrait d'échapper au désastre, et elle se trouve encore au premier étage. Au-dessus de moi, les sifflements des feux d'artifice montent à travers les poutrelles de métal, comme les hurlements stridents d'une armée de dragons fondant sur leurs ennemis. La chaleur ne va pas tarder à être insupportable. Dans quelques minutes, il est probable que je me consume sur place tel un fétu de paille au cœur du brasier. Je bondis de palier en palier en hurlant :

— Verse ! Il faut filer ! Tout va s'écrouler !

Par mégarde, ma main se pose sur la rampe de l'escalier. Je la retire aussitôt en étouffant un cri ; le métal est brûlant et le plastique qui le recouvrait a fondu. Au-dessus de moi, les deux piliers que je n'ai pas pu sauver rougeoient sous la chaleur.

— Veeeeeeeeerse !

Un nuage de fumée enveloppe ma course, provoquant une toux sèche qui m'irrite la gorge. La chaleur se fait de plus en plus intense. J'évite le contact avec le métal qui m'entoure, de peur de voir ma peau partir en lambeaux. Les semelles de mes chaussures commencent à fondre et une odeur de caoutchouc brûlé parvient jusqu'à mes narines.

— Veeeeeerse !

Des coups sourds montent jusqu'à moi, il doit être encore en pleine action. Comment lui communiquer mon plan ? Peut-être est-il déjà trop tard ? Les sifflements des feux d'artifice se sont amplifiés au point de devenir un interminable hurlement. Mes pieds collent au sol, difficile de ne pas penser au moment où mes chaussettes seront en contact avec les marches de l'escalier. Mes chances de survie s'amenuisent de seconde en seconde, le désespoir me gagne. La fumée autour de moi est devenue si opaque que ma descente se fait à présent à l'aveugle. Lorsque j'atteins enfin le premier, l'affrontement bat son plein. Charlie vient de porter un coup de poing puissant et Verse l'a esquivé. Mon regard croise celui du chef gaulois. Je sais à cet instant précis qu'il a en tête la même chose que moi. Une phrase qu'il m'a souvent répétée pendant les entraînements me revient à l'esprit : tout est affaire de synchronisation. Il m'a fallu un peu de temps pour en saisir l'importance, mais aujourd'hui, je mesure à quel point la synchronisation est vitale dans le travail d'équipe.

Les Sept de Babylone sont une équipe.

Et je travaille à cet instant en équipe – une équipe de deux certes, mais une équipe.

Verse se jette sur Charlie et l'enserre de son bras droit. Il parvient à le soulever et, dans le même mouvement, coince la boucle de sa ceinture dans celle de son adversaire. Les voilà rivés l'un à l'autre. Verse s'élance ensuite dans ma direction. Le sifflement d'une fusée retentit au-dessus de nous et une gerbe d'étincelles rougeoyantes enveloppe la silhouette du chef gaulois. Il tend son bras libre et m'attrape au passage. Puis, sans marquer la moindre hésitation, il saute dans le vide.

— À toi de jouer, me dit-il.

Je trouve sans difficulté la poignée d'ouverture du parachute de Charlie et tire dessus de toutes mes forces. Au deuxième étage de la tour Eiffel, une explosion terrible retentit et le souffle nous projette vers l'avant. La toile du parachute se déploie, provoquant un nouveau choc qui nous fait vaciller. Mais Verse me maintient solidement contre lui. Charlie quant à lui est immobile, le regard chargé de haine. Il n'a d'autre choix que de se laisser dériver avec nous. S'il choisit de se battre, le moindre mouvement brusque risque de fragiliser les cordages du parachute.

— Tu vas voir quand on arrivera au sol, murmure-t-il à l'attention de Verse. Je vais me faire un malin plaisir à...

Un grincement terrible l'interrompt. La tour Eiffel est en train de ployer. Les deux piliers qui se sont consumés sous la chaleur font face à la Seine. Ils présentent à la nuit noire un éclat vif et orangé, comme deux ponctuations perçant au travers des ténèbres. La partie haute du monument oscille, puis telle la tête d'un condamné roulant dans la sciure après un coup de guillotine, elle s'affaisse. Les antennes viennent percuter le sol avec violence, juste devant le pont d'Iéna. Les débris tombent en tous sens. Certains atteignent même la Seine. Une nuée d'embruns, portés par le vent, vient se déposer sur la carcasse du géant terrassé. Les larmes me montent aux yeux. Je n'ai jamais assisté à pareil spectacle, aussi triste et terrifiant. Paris, ma ville, est à présent défigurée. Elle porte les cicatrices d'un conflit qui perdure depuis de nombreuses années, mais qui, en cette funeste soirée, vient d'éclater au grand jour. Déjà, les sirènes des voitures de pompier retentissent aux alentours. Les lieux ne vont pas tarder à grouiller de forces de l'ordre. Par chance, notre présence ne semble pas pour l'instant avoir été remarquée. Le sol s'approche lentement, mais juste au-dessus d'un petit parc, Verse me glisse à l'oreille :

— C'est ici que nous descendons.

Il se saisit du couteau de Charlie et coupe la ceinture de ce dernier. Notre chute se termine dans les branches d'arbre. Le choc est brutal mais Verse parvient à l'amoindrir. Nous roulons sur un morceau de gazon pour nous relever aussitôt, couverts de terre et de feuilles mortes. Une épaisse fumée s'élève de l'endroit où se trouvait la tour Eiffel. Léonard est parvenu à ses fins, j'imagine que nous allons à présent rejoindre notre repaire et panser nos blessures. Mais Verse me saisit par le bras.

— Ce n'est pas fini, murmure-t-il.

Son regard se fait encore plus perçant quand il termine :

— Loin de là.

Chapitre 34

Verse et moi marchons en direction des lieux du drame. Pendant notre descente en parachute, nous avons traversé la Seine.

— Si mes suppositions sont exactes, Léonard ne va pas tarder à arriver sur place, siffle-t-il.

— Mais où étais-tu tout ce temps ?

— En observation, me répond-il calmement, comme s'il cherchait à atténuer la hargne qui perce dans ma voix. On ignorait ce qu'il préparait, et pour être honnête, j'étais à mille lieues de m'imaginer qu'il allait détruire la tour Eiffel.

— Mais où étaient Wolf et les Grimm ? Et Toth ? Il aurait quand même pu venir me filer un coup de main là-haut.

Une légère contrariété traverse le visage du chef gaulois. Il s'arrête brusquement de marcher.

— Toth ne t'a jamais parlé de l'ultime pouvoir de la pierre ? me demande-t-il.

Je secoue la tête d'incrédulité.

— Bon sang ! jure le chef gaulois.

Il se remet en marche, mais d'un pas plus alerte.

— C'est quoi cette histoire d'ultime pouvoir ? lui demandé-je.

— La pierre permet de faire revenir sept personnalités d'entre les morts, m'explique-t-il. Mais elle possède également un ultime pouvoir. Si Toth s'est absenté, c'est qu'il doit être temps de l'utiliser. Et Toth a besoin d'un maximum de membres du groupe pour faire usage de ce pouvoir. Voilà pourquoi personne n'était sur le site. Lorsque Toth a réalisé ce que Léonard avait en tête, il s'est dit qu'il allait avoir besoin d'un coup de main. Voilà à quoi sert l'ultime pouvoir de la pierre.

— À faire revenir une huitième personne ?

Cette fois, c'est à mon tour de m'arrêter de marcher.

— Exactement, mais cette personne ne sera parmi nous que quelques heures. Léonard a lancé un assaut d'envergure ce soir. Nous nous sommes conduits comme des imbéciles parce que nous avons largement sous-estimé sa puissance. Et maintenant, il faut nous rendre à l'évidence : il ne va pas s'en tenir à cette simple attaque. Pourquoi penses-tu qu'il a détruit la tour Eiffel ? C'est la puissance provoquée par la destruction des monuments qui motive son action. De toute évidence, il lui en faut un maximum pour faire fonctionner sa machine.

Ses yeux se nuancent d'un voile sombre alors qu'il termine :

— Ce soir, Léonard va mettre Paris à feu et à sang.

Vu du pont d'Iéna, le désastre est encore plus impressionnant. Des cordons de police ceinturent les lieux et, malgré l'heure avancée de la nuit, un groupe de badauds s'est formé devant. Nous nous mêlons à la foule.

— C'est la catastrophe, murmure Verse.

Je l'interroge du regard. Son comportement est inquiétant.

— Il y a trop de monde ici, explique-t-il. Léonard va revenir se gorger de sa victoire, il doit être présent s'il veut profiter de la puissance résultant de la destruction de la tour Eiffel.

Sa mine est soucieuse. Je n'ai pas le souvenir de l'avoir déjà vu comme ça.

— Il y a bien trop de monde, répète-t-il. Il risque d'y avoir des blessés. Même les forces de l'ordre vont être atteintes.

Il se tourne tout à coup vers moi.

— Je ne peux pas laisser faire ça. Je vais essayer de disperser un maximum de gens. Tu te retrouveras tout seul une fois de plus. Et tu devras essayer de bien observer autour de toi, pour localiser Léonard dès qu'il fera son apparition. Il te reste des pilules vertes ?

— Homère ne m'en a donné qu'une.

Il fouille dans sa poche et m'en tend une.

— Tu ne répètes pas aux autres que j'en ai sur moi, hein ? Nul n'est censé en posséder comme ça.

J'acquiesce d'un hochement de tête et porte la pilule à ma bouche.

— On se retrouve tout à l'heure, me dit-il en s'éloignant.

Sa silhouette massive disparaît. Je réalise alors que j'ai complètement oublié de le remercier de m'avoir sauvé la vie.

Parmi la foule, chacun s'étonne de la catastrophe, les lamentations sont de plus en plus manifestes, certaines personnes se cachent le visage, d'autres se tiennent serrées l'une contre l'autre. Un hélicoptère passe dans le ciel, je me bouche les oreilles pour ne pas être assourdi et me faufile jusqu'au cordon de police. L'accès au pont d'Iéna est interdit. La tour Eiffel s'est écrasée juste à son extrémité sans toutefois l'endommager. Un nombre impressionnant de voitures de police sont stationnées devant la foule. Les militaires sont également présents. Leurs véhicules blindés bloquent la route. La gerbe d'eau d'une lance de pompier jaillit au loin. De la fumée s'échappe toujours des piliers fondus. Contenir l'incendie prendra sans nul doute un certain temps.

Léonard se manifestera de toute évidence au niveau de la tour Eiffel. Mieux vaut m'en approcher pour avoir la chance de contrer les plans de notre adversaire et de son équipe. Soudain, une détonation me fait sursauter, et un mouvement de foule trouble l'entrée du pont. Des cris de frayeur s'élèvent dans la nuit. Impossible de voir ce qui se passe. Une nouvelle détonation éclate, provoquant la dispersion des badauds. Le flux de panique m'entraîne malgré moi, je parviens à le remonter avec difficulté pour découvrir enfin la cause de cette agitation : Verse se tient debout sur une des voitures blindées, un fusil d'assaut dans chaque main et un gilet pare-balles plaqué sur la poitrine. Il s'est également équipé d'un casque. Ces habits doivent sans doute appartenir aux deux hommes gisant au pied du camion. Verse brandit ses armes et tire cette fois plusieurs rafales vers le ciel. Les policiers présents se dissimulent derrière leurs véhicules. Ils n'ont pas encore fait feu, peut-être attendent-ils des ordres ? Du haut du camion, Verse les toise en souriant de toutes ses dents.

— J'étais à Gergovie ! se met-il à hurler. Et nous avons vaincu ! Puis j'étais à Alésia, et si je me suis rendu, c'est pour que mes hommes soient épargnés ! Alors vous pouvez y aller, je vous attends de pied ferme.

Il se remet à tirer en l'air. La foule finit par se disperser complètement. La riposte ne va pas tarder à s'organiser. Les militaires se sont regroupés, je crains pour mon ami. Verse ne semble pourtant nullement effrayé, il continue de vociférer, relatant d'une voix puissante ses faits d'armes passés. Il ponctue ses phrases de coups tirés vers le ciel, provoquant le repli immédiat des forces de l'ordre derrière leurs voitures. Un policier attrape un mégaphone :

— Déposez immédiatement vos armes ou nous allons ouvrir le feu.

Verse fait mine de n'avoir rien entendu, de toute évidence pour gagner du temps. L'homme au mégaphone réitère sa sommation. Une bribe de conversation dans les rangs de la police parvient jusqu'à moi :

— Il faut abattre ce forcené.

Dans le brouhaha, je perçois la voix de Verse. Je me suis dissimulé derrière une voiture. Mon ami a beau être loin, je sais qu'il s'adresse à moi :

— Ne t'inquiète pas pour moi, Jasper. Je suis passé par des situations bien plus délicates que celle-ci. Alors ne te fais pas de mouron.

C'est à l'instant précis où il termine sa phrase que les policiers ouvrent le feu. Un déluge de balles s'abat sur leur cible. Le corps de Verse est agité de soubresauts terribles. Son gilet pare-balles ne protège que son buste. Ses bras sont atteints par les projectiles et des filets de sang coulent sur les manches de sa chemise. Un épais nuage de fumée se développe autour du camion et Verse disparaît momentanément de ma vue. Lorsque la fumée se dissipe enfin, il est toujours debout et toise les militaires d'un air crâne.

— Franchement, les gars, c'est tout ce que vous pouvez faire ?

Une balle l'a atteint en plein cou et sa poitrine est couverte de sang. Certains militaires se sont levés, croyant probablement être en proie à une hallucination. Mon ami continue de les provoquer. Les soldats se mettent de nouveau en joue et lorsque leur chef leur ordonne de faire feu, le crépitement des balles trouble une fois de plus le calme de la nuit. Cette fois-ci, Verse a posé un genou au sol. Il relève la tête lentement, avant de descendre du toit du camion. Il se dirige d'une démarche peu assurée vers le parapet du pont. Les militaires suivent sa progression du regard dans un silence complet. Ils ont abaissé leurs armes.

Verse s'appuie sur le muret. Sa poitrine se soulève avec peine, sa respiration est saccadée. Ses vêtements sont luisants de sang. Je peine à accepter la situation. Lui qui paraissait invulnérable quelques minutes auparavant. L'envie de hurler son nom me prend, mais je me retiens. Verse tourne la tête dans ma direction.

— À toi de jouer… me murmure-t-il.

Puis il se laisse basculer dans le vide.

Chapitre 35

L'attention des soldats est moindre, ils se sont précipités vers l'endroit d'où est tombé mon ami. En me dépêchant, je peux traverser le pont sans me faire remarquer. L'agitation générale me permet de me faufiler en contournant les véhicules militaires par l'arrière. Personne ne me voit et, en quelques minutes à peine, me voilà de l'autre côté de la Seine. La foule est nombreuse ici aussi, essentiellement des pompiers. Il me faut trouver un moyen de les disperser. Ces hommes sont innocents et si Verse a dit vrai, l'enfer ne va pas tarder à s'abattre sur le quartier. Des bribes de conversation montent à mes oreilles :

— L'endroit n'est pas sûr…

— Nous avons contenu l'incendie, mais le sol peut s'effondrer d'un moment à l'autre…

— Le pont risque aussi de s'écrouler…

Ces hommes sont sur le qui-vive, le moindre signe de menace réussirait à les faire décamper sans demander leur reste. Alors que je me glisse au plus près d'eux, un son étrange attire mon attention. Une mélodie légère et rythmée, comme interprétée par une boîte à musique. Plusieurs pompiers ont déjà tourné la tête dans sa direction. À proximité du pont se trouve un manège pour enfants, avec de magnifiques chevaux de bois, épargné par miracle par la catastrophe. Il se met à tourner lentement. La musique s'élève au fur et à mesure qu'il prend de la vitesse. Des lumières clignotantes et colorées animent sa rotation. Les pompiers sont pétrifiés, comme envoûtés par cette apparition féerique. La mélodie prend de l'ampleur, d'autres instruments se joignent à la boîte à musique, un orgue et des instruments à vent. La cadence s'accélère, et le carrousel tourne de plus en plus vite. Une silhouette assise sur un des chevaux se dessine peu à peu dans le flou du mouvement, comme une apparition éthérée. Le manège se met à ralentir. L'homme n'est pas seul à avoir pris place sur un cheval. Ses compagnons sont au nombre de six et lorsque le manège finit par s'arrêter, il en descend avec calme pour s'adresser aux pompiers :

— Vous avez exactement cinq minutes pour vider les lieux.

Et comme pour appuyer ses propos, une explosion retentit sous nos pieds. Le sol s'affaisse de quelques centimètres, le mouvement de panique est immédiat chez les pompiers. L'endroit se vide en un clin d'œil. Dissimulé derrière un bloc de pierre, je ne perds pas une miette de la scène : Léonard s'avance vers la carcasse de la tour Eiffel. Une profonde satisfaction se lit sur son visage. Derrière lui, son équipe est au complet. La présence vénéneuse d'Adolf me fait tressaillir, une profonde nausée monte dans ma gorge. Il se tient légèrement en retrait, la capuche de son sweat-shirt rabattue sur ses yeux. Charlie est là également, et même si son visage porte les blessures de son dernier combat, il semble prêt à en découdre à nouveau. Cléopâtre, la mâchoire serrée, affiche une légère vexation.

Je prends le temps de dévisager attentivement les autres membres de l'équipe.

Ravaillac m'apparaît soudain bien plus sympathique malgré les épaisses coutures noires qui traversent son corps, ses cheveux sont sombres et une large mèche couvre son œil droit. Il est de forte stature et tient son fusil serré dans son poing. Derrière lui se trouve Jean de La Fontaine. La suffisance qui émane de lui est abjecte. La corruption de la pierre doit l'avoir atteint au plus profond de son âme. Christophe Colomb se tient sur sa gauche, une machette dans chaque main et un mince sourire déformant ses traits. Inutile d'en voir plus pour réaliser à quel point ce personnage est perverti par le vice. Seul face à l'ennemi, mon appréhension va grandissant.

Léonard fait quelques pas supplémentaires. La carcasse de la tour Eiffel donne l'impression de vibrer à son approche. Un halo bleuté se développe autour de lui, semblable à la lueur dans le regard de Toth lorsqu'il avait détruit l'obélisque de la place de la Concorde. La luminosité est pourtant bien plus intense. Léonard paraît s'en gorger avec une délectation extatique. Il écarte les bras comme s'il s'offrait sans aucune retenue. Des filaments évanescents convergent alors de la tour Eiffel vers son corps. Une étincelle gourmande brille dans ses yeux. Chaque membre de son équipe assiste à la scène avec un plaisir évident. Quant à moi, je suis pétrifié d'épouvante. Les filaments sont de plus en plus nombreux, le corps de Léonard se soulève, il est à présent sur la pointe des pieds. Un rire sonore monte de sa gorge. Le halo qui le ceint est devenu si lumineux qu'il m'est difficile de garder les yeux sur lui. Impossible pourtant de résister. Les pieds de Léonard ne touchent plus le sol. Sa tête a basculé vers l'arrière et ses yeux sont révulsés. Une vibration électrique couvre l'ensemble de la scène. Elle atteint un pic d'intensité tel que je me plaque les mains sur les oreilles. La pilule verte d'Homère me fait encore de l'effet, je risque de devenir complètement sourd. Léonard tremble de tous ses membres, sa bouche est à présent grande ouverte. Un ultime spasme l'agite, puis il retombe lourdement. La vibration électrique s'interrompt tout à coup, seules quelques particules bleues flottent à présent dans les airs. Léonard s'est réceptionné un genou à terre, les mains posées à plat au sol. Une fumée incandescente se développe autour de son dos voûté. Il relève la tête en murmurant :

— Aaaaah, ça fait du bien...

Puis il avise le reste de son équipe et leur déclare :

— On va pouvoir passer à la suite du programme.

Une voix retentit alors de l'autre côté du pont :

— Léonard !

En proie à un vif soulagement, je ne peux m'empêcher de sourire. L'heure de la confrontation a enfin sonné : Toth est revenu ; les frères Grimm, Wolf et Jeanne sont juste derrière lui.

— Toth, non mais franchement, tu n'es pas fatigué de te mettre tout le temps en travers de mon chemin ? soupire Léonard.

Mes compagnons s'avancent sur le pont, je cours à leur rencontre.

— Tu en as mis du temps, dis-je à Toth.

— J'avais deux trois bricoles à préparer, me répond-il.

Il pose affectueusement sa main sur ma tête.

— Pour... pour la tour Eiffel, j'ai fait ce que j'ai pu, mais... bredouillé-je.

— Tu as fait le maximum, me coupe-t-il. Et tu as surtout évité le pire. Si Léonard avait réussi à la détruire entièrement, il aurait accumulé tant de puissance qu'il aurait été difficile de le contrer, alors que là... il nous reste une chance.

Il considère d'un air las le monument effondré avant de terminer :

— Aussi minime soit-elle.

Léonard et son équipe se sont déployés devant nous. Ils dégagent une telle assurance que je ne peux m'empêcher de frémir.

— J'ai une surprise pour toi ! hurle Léonard.

Ses épaules sont agitées par un rire sournois.

— Une surprise qui ne va pas manquer de te plaire, je l'espère.

Son rire s'amplifie.

— Une surprise de taille ! conclut-il.

Il lève alors un bras et le tend vers l'arrière pour désigner la tour Eiffel. La partie haute du monument est couchée et se présente comme une rampe gigantesque. En haut de cette rampe, une silhouette vient d'apparaître, celle d'un homme très grand et tout aussi maigre. Il fait quelques pas sur les poutrelles, révélant son visage dans la lumière des brasiers qui consument le monument détruit. Ses traits sont émaciés, ses joues si creuses qu'elles forment comme deux traces noires et épaisses encadrant son visage. Ses yeux sont enfoncés profondément, donnant à son regard l'aspect d'un gouffre sans fond. Il secoue la tête, ses cheveux longs se balancent lentement, comme les tentacules d'une créature émergeant des abysses. Sa barbe pend sur sa poitrine, aussi sombre qu'un fragment de nuit sans lune. Un rictus épouvantable déchire ses lèvres fines et luisantes d'une humidité putride.

Il fait quelques pas de plus. Mon cœur se serre dans ma poitrine, cet homme est l'incarnation du mal absolu.

— Raspoutine, murmure Toth à mes côtés.

— Qui ça ?

Ma voix n'est qu'un filet porté par un souffle ténu.

— Dis donc, soupire Toth, il faudrait peut-être que tu révises un peu tes cours d'histoire… Je croyais t'avoir donné un certain nombre d'ouvrages à lire.

Je hausse les épaules alors que Toth m'explique :

— Pour faire vite, Raspoutine était un aventurier qui se prétendait guérisseur et qui a eu une influence plus que néfaste sur la famille impériale en Russie au début du XXe siècle.

— Ah…

— On l'appelait aussi le Moine fou.

Raspoutine a pratiquement atteint le bas de la rampe. Il porte une lourde tunique richement ornée. L'espace d'une seconde, il pose les yeux sur moi. Un éclat rougeoyant, aussi vif que les flammes de l'enfer, me transperce de part en part. Je fais un pas en arrière, craignant de succomber à une combustion démoniaque.

— Ma surprise te plaît ? hurle Léonard à l'attention de Toth.

— J'en ai également une pour toi ! lui répond mon ami.

Il s'écarte alors, révélant une silhouette se tenant juste derrière lui. Un cri de surprise s'étouffe dans ma gorge. L'homme qui vient d'apparaître est aussi grand que moi – peut-être même que je le dépasse légèrement. Son front est dégarni et il porte une étoffe blanche pour seul habit.

— Mais, il est pieds nus...

Je ne peux pas m'empêcher de souligner ce détail tant il me paraît incongru. Le petit homme s'avance, ses bras sont si menus qu'on dirait ceux d'un enfant.

— Et il porte des lunettes...

Je lance un regard incrédule à Toth.

— Ne te laisse pas abuser par son apparence, me déclare ce dernier.

Le petit homme trottine jusqu'au bout du pont. Raspoutine s'est avancé vers lui. Léonard ne rit plus du tout. Toth a visiblement réussi à le surprendre en faisant revenir cette personnalité avec l'ultime pouvoir de la pierre. Je demande alors timidement :

— Mais... qui c'est ?

Toth me répond dans un murmure :

— Gandhi.

Chapitre 36

Comme devait me l'expliquer Toth plus tard, Gandhi prônait la non-violence. Ce qui peut paraître quelque peu surprenant, rapport au combat qui se préparait.

Raspoutine n'attend pas longtemps avant de s'élancer vers lui. Il tire de derrière son dos un bâton de bois épais, comme un gourdin massif, et le brandit au-dessus de sa tête. Ses gestes sont vifs et empreints d'une brutalité terrible. Gandhi attend le dernier moment avant de s'écarter. Il fait juste un pas sur le côté, comme s'il débutait une chorégraphie d'une délicate douceur. Le gourdin frappe le sol avec violence, faisant jaillir des éclats de pierre à la périphérie de l'impact. Gandhi tend alors une main à plat devant lui et articule d'une voix apaisante :

— सहमत नहीं हूँ

Raspoutine porte un nouveau coup, latéral cette fois-ci. Gandhi fait un pas en arrière tout en répétant les mêmes mots. Il donne l'impression de flotter dans les airs tant ses mouvements sont légers. L'étoffe qui ceint son corps se soulève à peine. Son regard est imperturbable, il n'a pas quitté son adversaire des yeux. Et à chaque coup, il répète la même phrase. Au bout d'un moment, je n'y tiens plus et demande à Toth :

— Qu'est-ce que ça veut dire ?

— Mes connaissances en hindi sont très limitées, mais je crois que cela signifie : pas d'accord.

Le combat se poursuit. Raspoutine fait tournoyer son arme au-dessus de sa tête. Sous la violence de sa colère, l'éclat rouge de son regard s'est intensifié. Il n'a pas usurpé son surnom de Moine fou. Gandhi esquive chaque attaque avec souplesse, comme s'il économisait chacun de ses gestes. Raspoutine pousse un hurlement où se mêlent sauvagerie et frustration. Gandhi pose ses mains sur ses hanches et le dévisage en penchant la tête sur le côté.

— Et Gandhi n'avait pas de surnom ? demandé-je à Toth.

— On l'appelait Mahatma, ce qui signifie « grande âme ». Mais il n'aimait pas trop ça.

Soudain, les mouvements du petit homme se font plus vifs. Il exécute trois pas chassés sur le côté et se positionne sur le flanc de son adversaire, en répétant sa phrase :

— **सहमत नहीं हूँ**

Le gourdin de Raspoutine fend les airs. Il tournoie à une vitesse stupéfiante et vient heurter violemment la tête de son propriétaire. Raspoutine vacille. L'espace d'un millième de seconde, son regard se perd dans le vague. Puis il reprend contenance. Gandhi est déjà derrière lui. Le gourdin est maintenant à la verticale, tendu vers le ciel, prêt à s'abattre. Il rate sa cible. L'impact est terrifiant. Une profonde crevasse se forme au sol pour s'étendre sur toute la largeur du pont. Un tremblement terrible fait vibrer l'édifice qui s'affaisse de quelques centimètres.

— Oups, fait Wolf.

L'équipe de Léonard s'est éloignée du champ de bataille. Ils ont regagné le manège pour prendre place chacun sur un cheval.

— Bon sang, siffle Toth.

Le manège se remet en marche dans un grincement mécanique. En prenant de la vitesse, son toit commence à s'allonger.

— Maudites machines, jure Toth.

La musique reprend. Elle se transforme peu à peu en une cacophonie stridente jusqu'à devenir un sifflement perçant. Les silhouettes de Léonard et de son équipe se fondent dans le mouvement de rotation. Le carrousel tourne à une vitesse stupéfiante. Il s'élève au-dessus du sol. Le manège a à présent pris la forme d'un énorme obus, projetant dans sa périphérie une constellation lumineuse et colorée. Il a décollé et s'est incliné presque à l'horizontale.

— Va chercher la voiture, commande Toth à Jake d'une voix ferme.

En suspension dans les airs, le manège continue de tourner sur lui-même. Je reconnais la machine que j'ai vue quelques jours auparavant détruire mon collège. Sa pointe s'oriente vers la terre. Il se stabilise l'espace d'un court instant, puis percute le sol avec violence avant de s'y enfoncer complètement.

Raspoutine s'est figé pour observer la scène. Lorsque l'obus disparaît sous terre, un sourire démoniaque se dessine sur son visage. Sans doute est-il temps pour lui de s'affranchir de son ordre de mission : accompagner son maître dans l'accomplissement de ses forfaits.

Il se rue dans notre direction. À l'instant où il passe à notre niveau, Toth me saisit par les épaules et me tire vers lui avec brutalité. Raspoutine laisse dans son sillage une odeur chargée de relents nauséabonds, de mort. Une lueur de panique pure traverse le regard de Toth. Il me débite d'un trait :

— Il y a une chose importante dont je ne t'ai jamais parlé : il ne faut jamais entrer en contact avec l'ombre de ceux qui sont revenus grâce à l'ultime pouvoir de la pierre !

— J'ai l'impression qu'il y a beaucoup de choses dont tu ne m'as pas parlé !

Cette fois, le ton de ma voix est chargé de reproches.

— Et pourquoi donc ? ajouté-je dans un cri strident.

— Fais-moi confiance, me répond Toth. La dernière personne qui a commis cette erreur l'a regretté amèrement. Et je peux te garantir que sa mort a été plutôt lente et douloureuse.

— Qui était-ce ?

Toth ne me répond pas, et un crissement de pneus me détourne de ma colère. Jake est de retour avec la voiture.

Nous roulons à toute allure sur l'avenue d'Iéna. Au-dessus de nous, les hélicoptères sillonnent le ciel. Les projecteurs déploient leur lumière blafarde sur la route devant nous. Les sirènes de police hurlent de tous côtés. Paris est en état de guerre. Des passants fuient en courant sur les trottoirs ; les rues ne vont pas tarder à être désertes.

— Et Gandhi ?

— Il va se débrouiller par lui-même, me répond Toth. Les personnages qui reviennent grâce à l'ultime pouvoir de la pierre bénéficient de talents hors normes. Je pense que tu auras très vite l'occasion de le constater.

Jeanne, Toth et moi sommes assis à l'arrière. Jake est au volant, à ses côtés Will et Wolf. Soudain, ce dernier s'écrie en pointant du doigt la route devant lui :

— Regardez !

La chaussée se déforme en un sillon épais et profond. La voiture fait un écart pour l'éviter. Les pavés commencent à voler tout autour de nous, certains s'écrasent sur la carrosserie en un bruit sourd, comme si nous traversions une pluie d'énormes grêlons.

— Ils sont là ! hurle Will.

Le sillon progresse devant nous à une vitesse stupéfiante. La machine de Léonard évolue sous terre et laisse une trace sur son passage comme le ferait une taupe monstrueuse.

— Ils se dirigent vers l'Arc de triomphe !

Toth a la mâchoire serrée. De toute évidence, la liste de Léonard compte un nouveau monument parisien.

— Accélère, ordonne-t-il au conducteur.

La poussée est telle que je me retrouve plaqué sur le dossier de mon siège.

— Accrochez-vous, siffle Jake entre ses dents.

Notre véhicule bondit au-dessus du sillon, quittant quelques secondes la chaussée avant de s'écraser lourdement sur ses roues. Les amortisseurs grincent, l'arrière chasse sur le côté, mais d'un adroit coup de volant, notre pilote rétablit la trajectoire.

— Ils nous distancent ! crie Wolf.

Le moteur de notre voiture rugit de plus belle. Ma tête ballotte et vient heurter celle de Jeanne. Je lui lance un regard confus, elle me répond d'un sourire. Au loin se dresse l'Arc de triomphe, majestueux et nimbé d'une lumière orangée.

Quelque chose ne va pas. Une épaisse fumée se développe à sa base.

— Ils sont déjà sur place ! hurle Will.

Lorsque nous déboulons sur le rond-point de l'Étoile, l'Arc de triomphe est enveloppé de poussière. La machine de Léonard décrit un cercle parfait tout autour et, d'après les vibrations qui montent du sol, elle continue de tourner. Le but de sa manœuvre m'arrache un cri d'effroi : il est en train de creuser un énorme trou capable d'engloutir le monument.

Jake stoppe la voiture dans un hurlement de pneus. L'Arc s'est déjà affaissé de quelques mètres. Une silhouette se dresse à son sommet : Raspoutine, droit comme un piquet, son gourdin négligemment posé sur son épaule. Tout à coup, il le brandit au-dessus de sa tête et l'abat de toutes ses forces sur le bâtiment. Le choc est terrible et la structure commence à se fendiller.

— On n'arrivera jamais à arrêter la machine de Léonard, murmure Wolf à l'avant.

— Il va probablement atteindre le métro à un moment ou à un autre en s'enfonçant dans le sol ! s'écrie Toth après un moment de réflexion intense. C'est là qu'on l'atteindra !

Il sort avec précipitation du véhicule en hurlant :

— Wolf, Jeanne, Will et Jasper ! Vous venez avec moi !

L'entrée du métro n'est qu'à quelques mètres. Mais au moment où je m'y précipite, un bourdonnement régulier monte au loin. Un véhicule approche à vive allure sur l'avenue d'Iéna. La moto passe à notre niveau sans même ralentir, pilotée par Gandhi. L'étoffe de son vêtement est plaquée sur sa frêle poitrine. D'un coup d'accélérateur, la roue avant se soulève. Le petit homme se redresse et, poussant sur ses maigres jambes, s'élance vers le haut. Il s'accroche à la façade de l'Arc de triomphe alors que son bolide termine sa course contre un kiosque dans une explosion de métal et de flammes. Gandhi entame son ascension, telle une minuscule et improbable araignée.

— Jasper, me presse Toth. Ce combat n'est pas le nôtre. Le temps presse, et je suis sûr que Jake nous le racontera dans le détail.

Sans plus tarder, nous nous enfonçons dans la bouche de métro. Les murs tremblent tout autour de nous et, plus d'une fois, je dois faire un pas de côté pour éviter des pierres tombant du plafond. Une poussière sèche nous enveloppe et recouvre nos vêtements d'une pellicule grise. Les tremblements s'intensifient, la machine infernale de Léonard ne doit plus être très loin. Soudain, un pan de mur entier s'écroule sur ma gauche. Wolf me plaque au sol, m'évitant le pire. Le mur effondré révèle un maelström de poussière et de fragments minéraux. Nous avons atteint le cœur de la tourmente.

— Regardez ! hurle Will.

Le trou se présente comme un large tunnel et la machine de Léonard s'approche de nous à grande vitesse. Toth met la main dans sa poche pour en sortir un objet, identique à celui qu'il avait jeté sur l'obélisque de la Concorde. Puis, d'un geste vif, il le projette sur la machine lorsqu'elle passe à notre niveau. Le son de l'impact est net, il a atteint sa cible.

— Un seul ne sera pas suffisant pour l'arrêter ! hurle-t-il.

Il sort alors cinq autres objets de sa poche et nous les tend.

— Tâchez de viser juste ! Au prochain passage de la machine !

Le projectile est sphérique et tient dans la main. Sa taille est sensiblement celle d'une balle de ping-pong. La machine revient déjà sur nous. Nous nous mettons en position, prêts à lancer ce que je devine être des minibombes. Les yeux fermés, j'essaie de trouver la concentration suffisante.

— Tenez-vous prêts ! crie Toth alors que les vibrations montant du sol se font plus puissantes.

J'ouvre les yeux.

— Maintenaaaaaant ! hurle-t-il.

Quatre sons d'impact résonnent dans le couloir du métro. Mes compagnons ont fait mouche. Ma minibombe, elle, rebondit sur le mur puis sur le sol et vient gentiment rouler jusqu'à mes pieds. Le rouge de la honte me monte aux joues, mais Toth met rapidement un terme à mon embarras :

— Ne t'inquiète pas, tu trouveras bien l'occasion d'en faire usage une autre fois. Pour l'heure, il faut quitter les lieux, nous allons déclencher l'explosion de la surface.

En sortant de la bouche de métro, un spectacle épouvantable nous attend. L'Arc de triomphe a été englouti de moitié, et sur son toit, Gandhi et Raspoutine se livrent un combat sans merci. La même énergie anime chacun de leurs gestes. Tout menace de s'écrouler autour d'eux, les fissures sont multiples et des éclats de pierre jaillissent en tous sens. Les esquives de Gandhi sont de plus en plus vives, et son sourire malicieux ne l'a pas quitté. Raspoutine, quant à lui, déborde d'une fureur qu'il peine à contenir. Son gourdin s'abat avec rage à une vitesse effroyable, mais ses coups semblent manquer de précision.

Nous regagnons la voiture au pas de course. Jake nous y attend.

— Alors ? lui demande Toth en s'asseyant.

— Avantage Gandhi, lui répond-il. Raspout' n'est qu'une sombre brute.

— Il est temps d'en finir, dit alors Toth en sortant de sa poche le boîtier de mise à feu de ses bombes.

— Et la mienne, lui dis-je d'un ton plaintif. Elle ne va pas m'exploser dans la main ?

— Ne t'inquiète pas, tant qu'elle n'est pas fixée sur un objet, elle est inoffensive.

Et sans marquer la moindre hésitation, il appuie sur le détonateur.

Chapitre 37

L'explosion qui s'ensuit est assourdissante. L'Arc de triomphe s'enfonce de plusieurs mètres d'un coup. Raspoutine et Gandhi sont tous les deux projetés au sol. Une fissure sombre se dessine sur le pilier droit du monument, telle une affreuse cicatrice. L'édifice glisse sur lui-même, comme un gigantesque colosse titubant et s'apprêtant à poser un genou à terre.

— Ça a marché, murmure Wolf. La machine de Léonard n'a pas pu résister à pareille explosion.

— N'en sois pas si sûr, lui dit Will.

Il a dû lui aussi remarquer que la vibration du sol ne s'était pas interrompue. Loin de là.

La machine jaillit de la chaussée quelques mètres devant nous. En feu. Elle s'engage sur l'avenue des Champs-Élysées à toute allure. Aussitôt, Jake démarre, et la course-poursuite reprend.

Nous les talonnons. La fumée que l'engin laisse échapper dans son sillage réduit considérablement la visibilité, je vois pourtant une porte s'ouvrir et une silhouette s'en extraire d'un bond. Cléopâtre. Chaussée de ses bottes-rollers, elle glisse sur le bitume avec une grâce étonnante. Ses doigts sont crispés sur l'arme qu'elle tient en main : un fusil à pompe. Elle tire une première fois.

— Ne t'inquiète pas... me glisse Toth.

Je ne le laisse pas finir :

— Oui, je sais : la voiture est blindée.

À son second tir, le plomb crépite sur les vitres et une constellation d'impacts se forme, comme une multitude d'étoiles blanches. Jake appuie sur l'accélérateur. D'un mouvement rapide, la jeune femme évite notre véhicule pour se placer derrière nous. Puis d'un bond, elle s'accroche à l'arrière et se hisse sur la voiture. Le bruit de ses pas claque sur le toit. Jake tourne le volant pour essayer de la désarçonner, mais c'est peine perdue.

— Elle doit avoir des bottes-ventouses, murmure Toth.

Le toit de la voiture se déforme soudain en une bosse volumineuse. Ses tirs à bout portant sont bien plus efficaces. Les détonations assourdissantes me contraignent à me boucher les oreilles. Les coups se répètent mais la carrosserie tient bon. Et puis, soudain, c'est le silence.

— Plus de cartouches... déclare Will.

— Je m'en occupe, dit une petite voix.

Jeanne s'est redressée sur son siège, le regard traversé par une détermination farouche. Jake appuie sur le bouton d'ouverture du toit ouvrant. Sans perdre un instant, la jeune fille s'y faufile.

Devant nous, la machine de Léonard n'a pas ralenti. Elle traverse la place de la Concorde pour aller percuter les grilles du jardin des Tuileries. À un moment ou à un autre, il faudra pourtant qu'elle ralentisse. À la vitesse où elle roule, elle ne va pas tarder à atteindre le Louvre.

Des bruits de lutte nous parviennent du toit.

— Ne t'inquiète pas pour Jeanne, me dit Wolf en me gratifiant d'un clin d'œil. Elle n'est pas là depuis bien longtemps certes, mais je suis sûr qu'elle saura se montrer à la hauteur.

En franchissant le portail du jardin des Tuileries, le choc est tel que la voiture s'élève au-dessus du sol. Jeanne et Cléopâtre glissent sur l'avant de la voiture, l'une contre l'autre. Mon amie enserre le cou de son adversaire de son bras tout en se tenant au capot de sa main libre. D'un mouvement brusque, elle lui plaque la tête contre le pare-brise. Jake actionne immédiatement les essuie-glaces et le lave-vitre. Cléopâtre pousse un cri ; le liquide doit lui brûler les yeux alors que les balais lui percutent mollement le nez. Jeanne s'accroupit et, avec une force insoupçonnable pour une personne de sa constitution, projette son adversaire sur le côté de la route. Sans un cri, Cléopâtre disparaît de notre vue. Wolf applaudit tout en peinant à masquer son hilarité. Jeanne regagne alors calmement sa place dans la voiture, aussi rapidement qu'elle l'avait quittée. Mais je n'ai pas le temps de lui adresser mes félicitations.

— Accrochez-vous ! hurle Jake.

Puis, se tournant vers nous, il ajoute dans un sourire :

— Et éventuellement, si vous voulez attacher vos ceintures...

La voiture décolle comme une fusée avant d'atterrir lourdement devant le Louvre. Jake porte tout son poids sur la pédale de frein. Notre bolide part en tête-à-queue, me plaquant violemment contre la portière. Tout tournoie autour de moi, mais nous finissons par nous arrêter, juste à temps pour voir la machine de Léonard s'encastrer brutalement dans la pyramide du Louvre. Les débris de verre explosent en tous sens. La structure métallique de l'édifice grince horriblement alors qu'une colonne de fumée s'élève au-dessus de l'accident. Un craquement retentit, et la machine disparaît sous le sol. La vibration de son moteur s'est interrompue, elle doit être définitivement hors d'usage.

— Allons finir le travail, dit Toth en sortant de la voiture. D'autant qu'il ne va pas falloir trop s'éterniser dans le secteur.

Un groupe d'hélicoptères sillonnent le ciel et volent dans notre direction. Une multitude de gyrophares font vibrer la nuit d'un éclat épileptique. Notre *promenade* nocturne n'est visiblement pas passée inaperçue, l'endroit ne va pas tarder à grouiller de policiers.

Au pas de course, nous gagnons la pyramide. Un spectacle d'une désolation saisissante nous y attend.

La machine de Léonard a éventré l'édifice pour aller s'écraser au milieu du hall d'accueil du musée. Des débris jonchent le sol, au milieu de foyers lumineux qui se sont développés sur toute la surface de l'accident. L'obus de métal gît sur le flanc, comme un gros animal blessé et suffocant. La porte latérale est grande ouverte, nos ennemis ont filé. Nous empruntons un escalator pour descendre sur le lieu du désastre.

— Nous allons nous séparer en deux groupes, déclare Toth une fois en bas.

Impossible en effet de déterminer dans quelle direction s'est enfui Léonard.

Je fais équipe avec les frères Grimm. Nous nous dirigeons vers l'aile Denon, tandis que Toth, Wolf et Jeanne choisissent l'aile Richelieu. À tâtons, nous pénétrons dans les salles consacrées aux arts gréco-romains.

Les deux frères m'encadrent, comme si leur tâche était également de me protéger. Aucune raison de s'en formaliser, bien au contraire : dans l'obscurité de la pièce, des silhouettes inquiétantes se découpent tout autour de nous.

— Des statues, murmure Jake, tempérant mon inquiétude de sa simple présence.

Nous avançons avec précaution au milieu de ces personnages de pierre, pour la plupart de taille colossale. Je ressens un pincement au cœur en songeant à Verse. Peut-être s'en est-il sorti ? Mais j'ai du mal à y croire en repensant à son corps criblé de balles basculant dans la Seine. Dans toute cette action, j'ai omis d'en parler à Toth. Il est probable que mon ami en sera très affecté.

Soudain, il me semble voir une ombre bouger sur ma droite. Je me fige sur place. Dans le silence de la salle, la respiration étouffée des frères Grimm siffle dans un bruissement imperceptible. Un rayon de lune illumine brièvement l'ensemble des statues ; les silhouettes spectrales sont parfaitement immobiles. Je fais un pas dans la semi-obscurité. Soudain, quelque chose me frôle sur ma droite. Je pousse un cri en sentant une douleur m'irradier le bras. Ma chemise est déchirée en une estafilade nette. Un autre frôlement sur ma gauche m'arrache un nouveau cri. Cette seconde coupure me fait vaciller. Tout comme la première, elle n'est pas très profonde, mais elle a instillé en mon esprit la plus pernicieuse des faiblesses : la peur.

Les mouvements de celui qui se cache dans les ténèbres sont d'une rapidité stupéfiante. Son identité est évidente : l'adolescent à la capuche. Un nouveau son feutré siffle dans les airs ; je parviens à éviter le coup porté en me penchant sur le côté. L'éclat d'une lame scintille l'espace de quelques secondes.

— Il... il est toujours là... bredouillé-je à mi-voix.

— Chhhht... m'intime un des frères Grimm.

Ils veillent toujours sur moi. Mon ventre est néanmoins noué par l'appréhension. L'attitude d'Adolf m'évoque celle d'un chat jouant avec une souris. Le prochain coup qu'il portera sera peut-être plus violent. La caresse d'une brise soulève une mèche de mes cheveux, l'envie de filer à toutes jambes ne me quitte pas.

J'attends, conscient qu'il est inutile de s'abandonner à la panique.

Brusquement, un cri horrible retentit devant moi. Un mélange de grincement de porte et de gargouillis d'évier en train de se vider. Mes cheveux se dressent droit sur ma tête, l'effroi me pétrifie. Un tumulte terrible monte de l'obscurité, des bruits de lutte dans un coin de la pièce. Et puis soudain, le calme revient.

— Je crois que je l'ai eu, dit une voix dans mon dos.

Will tient dans sa main un maillet – probablement emprunté dans une vitrine d'exposition – et fait rebondir le manche de son arme dans la paume de son autre main. La blancheur de son sourire est éclatante malgré la faible luminosité.

— Il a filé, ajoute-t-il. Il ne sera pas trop compliqué de suivre ses traces.

Il désigne le sol. Une fine traînée de sang court sur le parquet jusqu'à l'extérieur de la salle. Nous la suivons jusqu'au grand escalier qui conduit aux étages supérieurs. Le filet est de plus en plus mince. Adolf a dû panser sa blessure. Nous nous hâtons, avec le pressentiment que tout va se jouer à l'étage suivant. Les grandes fenêtres laissent entrevoir les projecteurs des hélicoptères. Quelques éclats rouges nous signalent que les voitures de la police ont dû cerner le bâtiment. Les forces de l'ordre ne vont pas tarder à faire irruption dans le Louvre. Ils seront lourdement armés, mais je doute qu'ils fassent le poids face à ce qui les attend ici.

Le premier étage est plongé dans le silence. Les taches de sang au sol ont disparu. Notre adversaire doit être du genre à récupérer très vite. Nous avançons à petites foulées, sur les bandes de moquette rouge qui traversent le parquet. Le couloir est immense. Un hélicoptère passe alors devant les fenêtres, illuminant l'espace d'un large rayon de lumière, et révélant un groupe de personnes au bout du couloir.

Leur immobilité est saisissante.

Ils donnent l'impression d'être des statues installées provisoirement dans cette partie du musée. Une des silhouettes fait un pas vers l'arrière. Je reconnais Toth. Nous accourons pour nous placer derrière lui. En face se tiennent Léonard et les siens. Seul manque Cléopâtre. Six contre six – en me considérant comme un membre à part entière –, la partie est équilibrée. Sur ma droite, Wolf se tient l'épaule en soufflant bruyamment. Il est blessé. Du sang s'écoule de sa blessure et luit dans l'obscurité. Derrière Léonard est accroché un immense tableau.

— *Le Radeau de la Méduse*, me souffle Toth. Peint par Géricault entre 1818 et 1819. Il mesure cinq mètres sur sept.

— Merci, dis-je à mi-voix.

Sur le tableau, deux personnages attirent particulièrement mon attention. L'homme qui se tient debout et que l'on voit de dos en arrière-plan. Il agite une étoffe rouge à bout de bras, probablement pour demander de l'aide. Le second est celui qui est assis, l'air accablé, le menton posé sur la main. L'un comme l'autre me paraissent en adéquation totale avec la situation présente : entre espoir et abandon.

Une grande fatigue tétanise mes muscles. Mon rêve serait d'aller me coucher, de m'allonger dans un lit bien douillet, de me recroqueviller sous une couette moelleuse et d'enfoncer ma tête profondément dans un énorme oreiller. Mais le combat n'est pas terminé. Les deux parties se tiennent l'une en face de l'autre. Pas un mot n'est échangé, comme si nous participions à un jeu consistant à retarder l'assaut final le plus longtemps possible.

Léonard m'adresse un clin d'œil. Ses yeux expriment des mots que je devine facilement :

— Tu en as fait, du chemin. C'est bien. Et ma porte t'est toujours grande ouverte.

Un troisième personnage attire mon attention sur le tableau. Il est au premier plan, à moitié nu, allongé, mort. Contre toute attente, cette vision galvanise mes sens, un regain d'énergie me submerge. Ce soir, je ne décevrai pas Toth, et je donnerai le meilleur de moi-même pour que les Sept de Babylone emportent la victoire. Je serre les poings, prêt pour l'affrontement.

Tout à coup, un fracas épouvantable retentit au bout du couloir, suivi par un cri terrible déchirant le silence. Raspoutine hurle de rage. Une ombre file vers nous à grande vitesse : une silhouette menue, celle de Gandhi. Il donne l'impression de flotter sur le parquet… et c'est le cas. Le Moine fou a dû le projeter avec force et le petit homme s'est laissé glisser. Sa course s'achève juste devant nous. Le sourire qu'il nous adresse est désarmant de gentillesse. Le sol se met bientôt à trembler, Raspoutine est en approche, son gourdin dressé au-dessus de sa tête. Profitant de son élan, il abat son arme sur Gandhi de toutes ses forces, nous laissant à peine le temps de nous écarter. Contre toute attente, le petit homme reste immobile. Les bras placés en croix devant lui, poignet contre poignet, il fléchit légèrement les jambes. Le gourdin le percute de plein fouet, il me semble entendre un os craquer. Mais Gandhi reste impassible. Ses lunettes sont toujours droites sur son nez. Il n'a pas reculé d'un millimètre et semble avoir amorti la totalité du choc. Raspoutine, lui, est écarlate. Un filet de salive pend de sa lèvre inférieure et tressaute au rythme de sa respiration. Ses mains sont si serrées sur le manche de son gourdin que ses jointures sont aussi blanches que de la craie. Une veine palpite avec force sur sa tempe.

Une curieuse vibration se manifeste au niveau des bras de Gandhi. Une vibration infime qui se répercute jusque dans son regard. Une minuscule étincelle y brille. Le tremblement de ses bras s'amplifie, comme s'il avait entièrement absorbé le coup que lui avait porté son adversaire et que l'énergie développée était en train d'investir son corps. L'étincelle dans ses yeux enveloppe à présent ses pupilles. Les muscles de son corps saillent sous l'étoffe de son vêtement. Gandhi semble tendu, prêt à exploser.

Soudain, il s'écarte vivement. Ses mains accompagnent le mouvement du gourdin de Raspoutine, en modifient la trajectoire. L'arme balaie l'espace latéralement. Le Moine fou perd l'équilibre. Il tente de se rattraper, mais il est déjà trop tard. Le gourdin l'atteint de plein fouet sur la tête. Un craquement horrible retentit. Raspoutine est projeté vers l'arrière, son corps tourne sur lui-même avant de s'effondrer sans un bruit, mort. Gandhi hausse les épaules en le considérant puis se tourne vers nous. Il a rempli la mission qui lui avait été confiée et s'apprête à repartir vers l'endroit d'où il vient : le royaume des morts. Déjà sa peau revêt un aspect translucide alors que son sourire s'étiole peu à peu.

— Merci, murmure Toth en lui tendant la main.

Gandhi hoche la tête. Même s'il ne parle pas notre langue, il a dû comprendre la signification de ce mot. Il tend la main à son tour, mais son geste est interrompu.

— Police ! hurle une voix puissante. Restez où vous êtes ! Vous êtes tous en état d'arrestation !

La réaction des Sept de Babylone est immédiate. Celle de Léonard et des siens aussi. Ils se fondent dans la pénombre avec une rapidité étonnante. Pour ma part, je me plaque au sol. Le claquement sourd d'un interrupteur retentit et une lumière vive envahit le couloir, inondant de sa clarté le moindre recoin. Je place ma main gauche devant mes yeux. La droite est toujours posée sur le sol. Un frisson me secoue alors. Gandhi est toujours au milieu du couloir, debout face aux forces de l'ordre.

Et son ombre se développe derrière lui.

Jusqu'à la première phalange de mon index.

Les paroles de Toth me reviennent à l'esprit : « Il ne faut jamais entrer en contact avec l'ombre de ceux qui sont revenus grâce à l'ultime pouvoir de la pierre ! »

Mince...

Chapitre 38

Je retire vivement ma main.

Il ne se passe absolument rien. Pas d'étourdissement ni de chaleur irradiante ou de douleur aiguë… rien.

Personne n'a vu ce qui s'est passé, l'équipe de Léonard s'est retranchée dans une salle adjacente. Quant aux Sept, ils sont avec moi, essayant de s'abriter derrière les bancs qu'ils viennent de renverser. Je rejoins Toth en rampant. Mon ami affiche un air soucieux que je lui ai rarement vu.

— Si Léonard riposte, ça va être un carnage, souffle-t-il. Il faut absolument protéger ces policiers.

Les conséquences d'un combat contre les forces de l'ordre seraient désastreuses. Jusqu'alors, les Sept de Babylone ont toujours réussi à œuvrer dans la clandestinité. Léonard a rompu cet anonymat par ses dernières actions. Il faudra sans doute un certain moment avant que leurs identités soient découvertes. Il faudra également beaucoup de temps avant que cette découverte soit acceptée. Mais dès à présent, les Sept de Babylone sont exposés. Et devront fuir la justice.

— Il faut stopper Léonard coûte que coûte, murmure Toth.

Il s'élance vers la salle où se sont réfugiés nos adversaires.

— Arrêtez ! hurle la voix du policier dans le mégaphone.

Le cliquetis des fusils d'assaut que l'on arme retentit dans les rangs des forces de l'ordre. L'appréhension me noue le ventre, la perspective d'un bain de sang pulse dans mon esprit. Nous sortons du couloir sous les cris des policiers nous sommant de nous arrêter. Lorsque nous faisons irruption dans la salle, Léonard nous attend avec toute son équipe dans un coin, sur le pied de guerre. Il ne se retourne même pas et se contente juste de murmurer en secouant la tête :

— Tss, tss, Toth, quand comprendras-tu que tu ne peux rien faire contre moi ? Une fois que j'aurai réglé leur compte à ces hommes en uniforme, je prendrai un moment pour te l'expliquer dans le détail.

— Tu ne vas rien faire du tout, le coupe sèchement Toth en sortant de sa ceinture son énorme pistolet.

Nos ennemis se saisissent immédiatement de leurs armes. Jon Font sort de sous son manteau un fusil si gros qu'il ne serait pas étonnant qu'il soit utilisé pour la chasse à l'éléphant. C. C. brandit un sabre alors que Charlie serre son maillet des deux mains. Rave tient son fusil dans sa main droite, et Adolf, deux serpettes. L'une d'entre elles est d'ailleurs tachée de sang. À sa vue, ma blessure au bras se fait plus douloureuse.

— Oui ? susurre Léonard d'un ton narquois. Tu disais ?

— Je disais : tu ne vas rien faire du tout.

Chacun de mes amis dégaine son arme. Une arbalète pour Jake, une mitraillette pour son frère Will, un katana pour Jeanne et des nunchakus pour Wolf.

— Tu n'as aucune chance, dégoise Léonard. Et tu le sais bien. Je bénéficie de la puissance des monuments que je viens de détruire...

— *Du* monument, le coupe Toth.

Léonard émet un court ricanement.

— Tu oublies l'Arc de triomphe...

— Ce n'est pas toi qui l'as détruit.

Une lueur bleutée danse dans le regard de Toth. Le visage de Léonard devient pâle comme de la cire. Mon ami dit vrai. La personne qui au final a porté le coup de grâce à l'édifice n'est pas celle qu'on croit. La mine miniature pèse d'ailleurs toujours dans ma poche.

Notre adversaire semble avoir perdu de son assurance. D'autant que Toth vient de brandir son pistolet devant lui.

— Tu n'oseras pas tirer de sang-froid sur moi, murmure Léonard. Ce n'est pas du tout ton style. Et tu sais qu'il te faudra bien plus qu'une simple balle pour m'abattre.

— Je le sais, rétorque Toth. Mais ce n'est pas sur toi que je compte tirer.

Il décale alors son arme sur sa gauche, en direction du fond de la pièce, où se trouve un tableau. Inutile d'être un expert en histoire de l'art pour le reconnaître : il s'agit de la Joconde.

Je ne pensais pas que le visage de Léonard pourrait blanchir davantage. Pourtant…

— Si tu commets un tel…

Il ne termine pas sa phrase. Dans ses yeux brille une lueur de fureur pure.

— Quitte cet endroit, lui adresse Toth. Au plus vite. Car je sens des démangeaisons au niveau de mon index.

Soudain, Adolf s'élance vers l'avant. Son mouvement est d'une rapidité extrême. Ses serpettes balaient l'espace, faisant tinter le métal contre le métal. Le pistolet de Toth glisse sur le sol alors que mon ami se tient la main. Le temps semble avoir suspendu sa course, l'incrédulité traverse les visages, les doigts sont pressés sur les gâchettes et les poings serrés sur les manches des armes blanches.

— Sortez les mains en l'air ! résonne la voix du policier depuis l'extérieur.

Un bruit de pas sur le parquet monte du couloir. Les forces de l'ordre sont en approche.

Il est grand temps pour moi d'agir.

J'ignore encore quelles forces m'ont poussé à m'élancer de la sorte vers le fond de la pièce, la mine serrée dans mon poing. Nul ne devait s'y attendre car personne n'a esquissé le moindre mouvement. Et me voici à côté de la Joconde, le bras tendu, prêt à poser la mine sur le tableau. Mon regard ne quitte pas celui de Léonard. La haine qui émane de ses yeux me traverse de part en part. Désormais, il n'y a plus de retour en arrière possible, je viens de passer définitivement dans le camp des Sept de Babylone. Léonard secoue la tête lentement, comme s'il venait de subir une immense déception.

— On se retrouvera, dit-il à Toth.

Mon bras est toujours tendu, ne fléchit pas d'un millimètre. Adolf esquisse un mouvement mais Léonard le stoppe net d'un geste de la main. L'adolescent range ses serpettes et replace la capuche de son sweat-shirt sur sa tête. Seul son regard continue de briller.

— On se retrouvera, répète Léonard.

Et il se replie, dans le silence le plus total. En l'espace de quelques secondes à peine, nos adversaires ont quitté les lieux. Je peux enfin abaisser mon bras. Toth m'adresse un clin d'œil avant de murmurer :

— Il est temps pour nous aussi de déguerpir.

Nous nous fondons dans l'ombre. Lentement au début, avant de nous mettre à courir. Toth a l'air de savoir où aller. Nous le suivons sans prononcer le moindre mot. Les couloirs s'enchaînent, nos pas martèlent le sol dans l'obscurité. Les personnages sur les tableaux qui nous entourent paraissent accompagner notre progression d'un œil circonspect. La fatigue rend mes mouvements lourds, j'aspire au repos. La perspective de retrouver mon lit me galvanise. Je suis à mille lieues de me douter qu'une ultime épreuve m'attend.

La plus terrible de toutes.

Après avoir franchi une porte dérobée, nous descendons les marches d'un escalier en métal. Jeanne est juste devant moi. Ses cheveux flottent à chacun de ses pas. La vitesse avec laquelle elle a su s'adapter à notre monde est étonnante. Elle a traversé ce premier affrontement avec un détachement total. Je prends conscience de la force de sa personnalité. Les Sept sont différents de moi, et j'aspire un jour à atteindre leur puissance. Les frères Grimm sont derrière moi. Leur souffle est court bien que leurs visages ne reflètent pas la moindre fatigue. Wolf ferme la marche. Il me semble à un moment l'entendre fredonner une mélodie. Son éternelle bonne humeur est communicative. Quelques semaines ont suffi pour qu'il devienne mon ami. La révélation que m'a faite Toth quelques nuits auparavant me revient à l'esprit : un traître parmi les Sept ? Cette éventualité me paraît soudain parfaitement incongrue. Ce soir, notre équipe a montré combien elle était soudée. À l'épreuve des menaces fomentées par l'adversité. Je me promets d'aller trouver Toth très rapidement pour lui dire qu'il se trompe.

L'escalier débouche dans les sous-sols du Louvre. Un nouveau couloir nous accueille, sombre et suintant d'une humidité glaciale.

— Nous arrivons, murmure Toth.

Il pousse une dernière porte et nous voici dehors. Nous sortons un à un à l'air libre, goûtant à la première bouffée d'oxygène comme s'il s'agissait d'un bien des plus précieux, reprenant notre souffle peu à peu. Notre course effrénée n'a duré que quelques minutes, et pourtant, j'ai l'impression d'avoir disputé une épreuve olympique. Mes mains sont posées sur mes cuisses, ma respiration peine à retrouver son rythme.

Tout à coup, une rangée de projecteurs s'allument, juste devant nous. Le grésillement des lampes me fait frissonner. Nous restons immobiles face à la lumière, dans l'attente d'une injonction nous ordonnant de nous rendre. Mais un silence implacable s'installe, jusqu'à ce qu'une petite voix vienne le briser :

— Jasper ?

Je la reconnaîtrais entre mille.

C'est celle de ma petite sœur Lili.

Chapitre 39

Lili s'avance dans la lumière. Sa silhouette frêle se découpe à travers les rayons brûlants des projecteurs. Mes parents se tiennent derrière elle. Elle marche vers moi à petits pas, et je m'avance à sa rencontre. Mes jambes sont en coton, la gravité paraît subitement exercer sur mon corps toute son influence. Les larmes me montent aux yeux.

— Lili ?

Ma voix résonne étrangement dans l'enceinte de la cour dans laquelle nous nous trouvons. Quelques mètres me séparent de ma famille et, soudain, je n'y tiens plus, je m'élance vers eux. Le contact est immédiat, il m'enveloppe d'une chaleur qui m'envahit jusqu'au plus profond de mon être. Je retiens mon souffle.

— Jasper, murmure Lili une nouvelle fois.

La voix de mes parents se mêle à la sienne. Et ils répètent tous mon prénom. Entre deux sanglots, je parviens à articuler :

— Vous avez reçu mes lettres ?

Mon père hoche la tête gravement alors que ma mère me répond :

— Nous pensions que ce n'était que des divagations. Mais nous t'avons vu à la télévision lors de la catastrophe de la tour Eiffel. La police a dû t'identifier, alors ils sont venus nous chercher.

Je les serre encore plus fort contre moi. Je me repais de leur odeur, de leur chaleur. À cet instant précis, plus rien ne compte pour moi que leur présence. J'aimerais leur demander pardon, pour tout le souci que j'ai pu leur causer, mais aucun mot ne parvient à franchir le pas de mes lèvres. Nous restons un long moment soudés les uns contre les autres. Le temps a suspendu son cours. Jusqu'à ce qu'un vrombissement ne vienne troubler la scène. Je lève les yeux vers le ciel. Un hélicoptère est en approche. Et il n'appartient pas à la police.

— Je vais devoir y aller...

Je peine à formuler cette phrase. Les mots sont des cailloux roulant le long de ma gorge endolorie par l'émotion. Le vrombissement se fait plus fort. Mon père me regarde fixement. Il a dû réaliser, ainsi que ma mère, que tout ce que je leur ai raconté n'est que la stricte vérité. Que je m'étais engagé dans un combat qui les dépassait. Et qu'ils n'avaient d'autre choix que de me laisser partir. Je ne veux pas les mêler à cette aventure. Je ne veux pas qu'il leur arrive quoi que ce soit. Je ne veux pas risquer de les voir courir le moindre danger par ma faute. Car, je le comprend à présent, ils sont tous trois ce qui compte le plus pour moi.

— Je reviendrai...

Ce sont mes derniers mots. L'hélicoptère est encore descendu, une échelle de corde se déploie. Toth a déjà un pied sur le premier barreau. L'urgence est vive dans ses yeux. Il n'y a plus de temps à perdre. Les forces de police ne vont pas tarder à réagir. Je cours vers l'échelle alors que, dans mon dos, résonne une ultime fois la voix de ma petite sœur :

— Jasper.

Nous survolons Paris. Verse pilote l'hélicoptère. Son bras est plâtré, mais cela ne semble pas le gêner dans ses manœuvres. Il a survécu et cette nouvelle me comble malgré ma peine. Toth a placé ses bras autour de mes épaules, et je pleure en silence. Mon regard se perd à travers le hublot. Paris, ma ville, défile devant mes yeux embués. Des colonnes de fumée témoignent du combat qui vient de s'y dérouler. La capitale est définitivement défigurée.

Léonard doit être stoppé coûte que coûte. Il est probable qu'il réussisse à mettre sa machine diabolique en marche, avec toute la puissance qu'il a réussi à accumuler durant cette funeste nuit. Notre combat vient à peine de commencer, les autres Merveilles du monde peuvent être disséminées n'importe où, et il est désormais de notre devoir de mettre la main dessus avant lui. Notre aventure nocturne nous a démontré à quel point sa folie était dévastatrice. Le monde court un grand danger, nous seuls pouvons le sauver.

Dans notre dos, d'autres hélicoptères sillonnent le ciel. La police nous a pris en chasse. Les épaules de Verse se soulèvent légèrement, comme s'il venait d'émettre un gloussement. Sa voix s'élève, atone :

— Accrochez-vous.

Il tire alors le manche vers lui de toutes ses forces. Le moteur de l'appareil émet un curieux cliquetis. Puis je suis plaqué à mon siège sous la force de l'accélération.

Nous disparaissons dans la nuit noire.

Chapitre 40

Une journée s'écoule.

Je récupère lentement de ma fatigue en dormant jusqu'au soir. Mon sommeil est peuplé de rêves étranges, à mi-chemin entre le cauchemar et l'hallucination. De puissantes explosions s'y succèdent. Je cours dans des champs de ruines, évitant les brasiers incandescents. À mon réveil, je suis en nage, le front perlé d'une transpiration aigre. Les draps se sont enroulés autour de mon corps, je peine à m'asseoir sur le lit. Une agitation monte du couloir, me voici complètement éveillé. Après m'être habillé en hâte, je rejoins au pas de course la salle de repos des Sept de Babylone. Ils sont tous là et paraissent m'attendre avec une impatience non dissimulée.

— Ça va ? me demande Jake.

Je lui souris en prenant place sur l'un des deux canapés en cuir. Toth est resté debout. Il attend que je sois installé avant de prendre la parole.

— J'ai reçu un message ce matin, commence-t-il.

Difficile de ne pas en deviner la provenance. Toth ne peut pas en dire plus ; en révélant le double jeu de Rave, le traître parmi nous n'aurait plus qu'à le livrer à Léonard. Je serre mes jambes l'une contre l'autre alors que Toth poursuit :

— Je connais la prochaine destination de nos adversaires.

Chacun reste coi. Lorsqu'il nous confie enfin la ville où nous allons nous rendre, je ne peux m'empêcher de sourire : j'ai toujours adoré voyager.

Alors que je prépare mes affaires dans ma chambre, trois petits coups retentissent à la porte. Jeanne se tient sur le seuil, éclatante de beauté. À sa vue, mon estomac se contracte immédiatement et ma tête se met à tourner.

— Tu as fini de te préparer ? lui demandé-je.

Elle opine tout en entrant dans ma chambre. Sa démarche est d'une légèreté troublante et lorsqu'elle s'assoit sur mon lit, ma gorge est si sèche que j'éprouve des difficultés à déglutir.

— Je voulais te dire une chose, commence-t-elle.

Une rougeur irrépressible me monte au visage. Je tousse dans mon poing serré, essayant ainsi de contenir mon émotion.

— Lorsque nous étions au Louvre, poursuit-elle, tu t'es montré très courageux.

Elle se relève brusquement avant de terminer :

— Je voulais juste te dire à quel point j'étais fière de toi.

Puis elle sort de ma chambre, aussi rapidement qu'elle y était entrée, laissant dans son sillage un parfum qui me plonge dans une douce ivresse. Je reste planté au milieu de la pièce, la bouche entrouverte. Je laisse échapper un soupir profond. Puis je termine mon sac, le cœur léger comme un papillon.

Nous nous retrouvons quelques heures plus tard à la porte d'embarquement C de l'aéroport d'Orly. Homère fait partie du voyage et chacun a revêtu un déguisement. De nouveau, me voici dans le rôle du fils de Toth. Alors que nous passons la douane, je me mets à songer à cette curieuse fille rencontrée lors de la réception donnée sous la tour Eiffel : Édith. L'intuition que nos routes vont de nouveau se croiser ne m'a pas quitté. Il est des certitudes qui ont du mal à s'effacer.

Nous prenons place dans l'avion. Machinalement, je parcours des yeux la fiche sur laquelle sont inscrites les procédures d'urgence en cas de crash. J'esquisse un sourire, conscient de ne plus être concerné par ce genre de futilités. Jake et Will se sont installés derrière moi. Ils plaisantent à propos d'un sujet dont je n'ai pas saisi la nature. Toth est assis à mes côtés et, devant moi, Jeanne regarde par le hublot. Son anxiété est palpable, c'est la première fois qu'elle prend l'avion. Rien de comparable avec l'hélicoptère dans lequel elle est montée. L'appareil s'engage sur la piste avant de marquer un arrêt. Les moteurs sifflent avec régularité jusqu'à gronder puissamment. Ma main tapote avec nervosité l'accoudoir. Je fixe le bout de mon index, celui qui est entré en contact avec l'ombre de Gandhi. Je n'en ai pas encore parlé à Toth. La perspective de devenir un poids dans la mission que nous nous sommes donnée m'affecterait. Je me suis néanmoins promis de me confier aux premiers symptômes alarmants. Toth avait tout de même évoqué une mort lente et douloureuse. Mais peut-être a-t-il exagéré ? Et peut-être mon organisme est-il plus résistant que la moyenne ? Après tout, j'héberge en mon sein un fragment d'une des Merveilles du monde.

— De profonds changements vont se produire en toi, me dit soudain Toth comme s'il lisait dans mes pensées.

Je le regarde sans mot dire, mais il en reste là et se replonge dans la lecture du journal qu'il a acheté à l'aéroport. La page de titre fait état de nos exploits de la veille. Des photos de la tour Eiffel détruite et de l'Arc de triomphe apparaissent en première page.

— Fini les vacances, murmure Toth.

Et pourtant, dans le vacarme des réacteurs de l'avion, je me sens soudain plus libre que je ne l'ai jamais été.

L'avion s'élance sur la piste. La poussée est telle que j'ai l'impression que mon cœur se déplace dans ma poitrine. Et nous voici soudain flottant dans les airs, comme portés par une gigantesque main invisible.

Je consulte l'heure sur ma montre.

L'avion décolle à 14 h 55 précises.

Et le réacteur droit explose à 15 h 39.

Toth avait raison : fini les vacances.

Paris – Vendredi 4 mars 2016 – 14 h 26

Remerciements

Je voudrais remercier mes premiers lecteurs, Aurélie et June.

Je voudrais également remercier Aude pour m'avoir fait confiance dès l'énoncé du pitch de ce roman. Et pour m'avoir accompagné de façon si délicieuse tout au long de sa réalisation.

Un grand merci à Gilles, fidèle compagnon qui me suit depuis le début (et non, ce n'est pas un cheval, mais le correcteur de cet ouvrage).

Merci aux équipes des éditions Slalom, pour leur travail mais également pour leurs sourires croisés au gré des couloirs.

Pour terminer, j'aimerais avoir une pensée pour les enseignants que j'ai pu rencontrer tout au long de ces dernières années, lors d'interventions scolaires. J'aimerais saluer leur énergie et, pour la grande majorité, le dévouement qu'ils placent dans l'accomplissement de leur tâche.

Découvre la suite de la série

LES 7 DE BABYLONE

dans le tome 2, à paraître
dès avril 2018 !

Et retrouve l'univers de la série sur le site
www.les-7-de-babylone.fr

Composition : Facompo,
Lisieux

MIXTE
Papier issu de sources responsables
FSC® C003309

Achevé d'imprimer en Allemagne
par GGP Media GmbH

Dépôt légal : août 2017